KB134366

로드 엘멜로이 II세의 사건부
2
「case. 쌍모탑 이젤마(상)」
산다 마코토
일러스트 사카모토 미네지

믹 그라질리에
바이런 밸류엘레타 이젤마
이노라이 밸류엘레타 아트로홀름
Characters
Lord El-Melloi II Case files

로드 엘멜로이Ⅱ세
그레이
라이네스 엘멜로이 아치조르테

여자의 머리카락은 빛바랜 붉은색이었다.

이거야말로 동양인에게는 드문 색깔이었지만 염색한 것은 아닐 거라고 짐작했다.

내 눈과는 다르지만, 이 여자의 본질과 맞닿아있는 듯한 색깔이었기 때문이다.

——2장에서

로드 엘멜로이 II세의 사건부

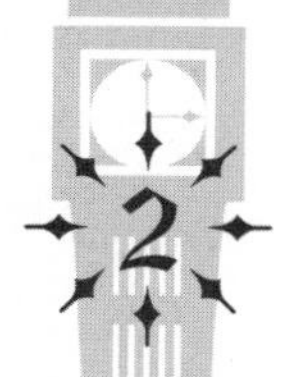

「case. 쌍모탑 이젤마(상)」

Lord El-Melloi II Case Files

로드 엘멜로이 II세의 사건부

2 「case. 쌍모탑 이젤마(상)」

목차 Contents

서장

——솔직하게 말해서, 내 성격은 고약하다.

다른 사람이 괴로워하면 입술이 절로 미소를 띠고, 그게 성실한 인간이라면 더더욱 그렇다. 눈부신 꽃길을 걸어야 했을 사람이 하찮은 일 때문에 울분에 사로잡혀 길을 엇나가는 모습에는 등골이 쭈뼛한 쾌감을 느끼고 만다.

이게 가정환경이나 트라우마로 말미암은 거라면 그나마 변명이 되겠지.

안타깝게도 타고난 성격이었다. 아니, 타고난 것이니까 부모나 선조의 유전이라고는 할 수 있고—— 실제로 이쪽은 성격이 고약했지만, 별로 동정받을 수 있을 것 같지 않다. 애당초 마술사 집안이면 성격이 고약한 게 당연하다. 특히 시계탑에서도 유명한 엘멜로이 파(派)는 본가였던 아치볼트를 필두로 항상 권모술수를 부리고 발목을 잡아채는 짓을 반복하는, 되어 먹지 못한 것들의 패거리였다.

따라서.

그날 일은, 유달리 깊게 기억에 남았다.

"……응. 그건 유쾌했지."

회상하면서 나는 미소 지었다.

극동에서 치러진 대의식에서 살아남은 『그』는 원래부터 주목하고 있었다.

의식 참가자 중에서 가장 미숙했다던 『그』가 무사히 생환할 거라고는 시계탑의 그 누구도 몽상하지 않았었지만, 막상 돌아오니 방치할 수밖에 없었다.

아니, 그 반대로 예상 밖의 사망자가 된 군주(로드)—— 즉, 로드 엘멜로이의 이권을 둘러싼 분쟁이 발생해서 그럴 경황이 아니었다. 예로부터 내려온 열두 개의 명문 중 하나는 방대한 재산과 인재, 영지(靈地)와 마술예장(魔術禮裝)을 쌓아 놓고 있었지만, 그야말로 굶주린 새들에게 쪼아 먹히듯 죄다 빼앗기고 말았다.

라이벌뿐만이 아니라 한 식구 중에서도 약탈자가 나온 게 심각했을 것이다. 아치볼트 가문이 지금까지 잡아두었던 분가 일파는 엘멜로이의 자산, 재산은 자기들 것이기도 하다는 주장과 함께 배당이라고 지칭하며 그 대부분을 분해한 끝에, 다른 로드들과 영합해서 돌아선 것이었다. 결과적으로 본가에 남은 것은 『엘멜로이』라는 집안 이름과 천문학적인 부채뿐이었다.

그런데 도대체 무슨 생각을 했는지.

그런 판국에 돌아온 『그』는 버림받은 엘멜로이 교실을 물려받겠다고 큰소리를 쳤다.

시계탑의 수업은 따라올 수 있는 사람만 따라오면 그만이라는 성질이다.

마술이란 집안과 재능으로 대부분 결정 난다. 그러면 성실하게 수업할 필요는 없다. 적당히 먹이가 될 만한 정보를 뿌리면서 쓸 만한 싹수가 보이는 놈만 자기 조수로 끌어들이는 것이 시계탑 강사의 일상사였다.

그렇기 때문에 대부분 사람이 버림받은 엘멜로이 교실 자체에 가치를 찾아내지 못한 것이, 『그』에게는 다행이었다.

일단 3급 강사가 된 『그』는 눈에 띄게 두각을 나타냈다.

처음에야 정식 학부도 결정 나지 않아 근근이 소규모 인원의 강의를 열었을 뿐이었지만, 그 묘하게 알기 쉽고 실천적인 수업은 시계탑에서 자리 잡을 곳이 없던 신세대(뉴에이지)들 사이에서 금세 화제가 되어 퍼져 나갔다. 종국에는 권력 투쟁에 패배한 강사들을 여럿 설득하고 등단하게 해서 전례 없던 다각적 교육 체제까지 실현한 것이다.

'……후후.'

이제 와 생각해보면 그 또한 의도한 현상은 아니었으리라.
혈통에도 재능에도 별다른 혜택을 받지 못한 『그』의 경우, 오히려 엉성하고 알기 어려운 수업이 더 어려웠을 뿐. 아득바득 필수 단위를 수료해 3급 강사가 되기는 했으나, 근본적으로 능력이 부족하니 타인의 손을 빌릴 수밖에 없었다는 얘기다.
옳지. 위통을 참는 젊은 시절 『그』의 모습이 아주 쉽게 떠오른다. 미간에 깊게 서린 주름은 이때 생긴 것이겠지. 아마도 평생 깊어지기만 할 테니 지금 계측해두고 싶은 바다.
어쨌든 간에 『그』는 엘멜로이 교실을 3년에 걸쳐 존속시켰다.
일종의 기적이라고 해도 된다.
다른 이권과 비교하면 대단한 것은 아니지만, 교실에는 영지의 관리권도 부속된다. 변변한 뒷배도 없는 『그』의 경우, 실점이나 약점을 슬쩍 내비치기만 해도 바로 빼앗겼을 것이다. 설마 3년이나 버텨내다니, 시계탑의 강사들은 요정에게라도 홀린 심정이었겠지.
대충 그즈음이었다.
저도 모르게 재미를 느낀 나는 직접 『그』를 불러냈다.
……이크.
이건 일단 정정해두겠다.
호출했다고 했지만 실제로는 납치라는 표현이 더 정확하

다. 당시 아주 약간 남은 엘멜로이 파의 권력은 갖가지 우연과 사소한 분쟁 끝에 내게로 집중되었다. 그 권력을 가지고 이래저래 막무가내로 끌고 오게 한 것이었다.

그리고 내 방에서 엎드려 기는 『그』에게 말을 건넸다.

"——귀국한 다음 당신이 보인 활약은 알아. 밤낮없이 늘 설레는 가슴으로 지켜보고 있었지. 사실 난 당신의 숨은 팬이거든."

아마도 죽음이라도 각오하고 있었던 게 아니었을까.

내 입장에서 보면 『그』 또한 엘멜로이 파의 이권을 빼앗은 도적에 불과하다. 명문 중의 명문이던 엘멜로이 교실의 이름을 더럽히고 뉴에이지를 중심으로 저속한 현대마술을 강의하는 등, 알 만한 사람이 들으면 죽음으로도 갚지 못할 대죄다.

하지만.

『그』는 처음에야 당혹했으나 내 이름을 듣자마자 벼락에 맞은 것처럼 뻣뻣하게 서서 민망스러운 듯이 고개를 조아린 것이다. 설마 이런 반응을 보일 줄은 몰랐기에 천하의 나도 얼떨떨하고 말았다.

심지어.

"……로드 엘멜로이 일은 나한테도 책임이 있어."

이런 말까지 꺼냈을 때는 실례되게도 크게 웃을 뻔했다.

"호오. 어째서? 대체 무슨 책임이지?"

나 스스로도 심술궂은 물음이었다고 생각한다.

또한 지금 떠올려도 웃음이 실실 나오는 판국이니 구제불능이다.

눈을 내리깐 그가 입술을 깨물고 어깨를 떨던 광경은, 왜 기록을 안 했을까 후회할 정도다. 물론 마술회로를 사용하면 웬만한 기록이나 재현은 뇌 내에서 가능하지만, 세상에는 다른 사람과 공유하는 즐거움이라는 것 또한 존재한다.

——뭐, 안타깝게도 공유할 친구는 없지만.

"당신의 의붓오빠인 로드 엘멜로이를—— 내 스승이기도 한 케이네스 엘멜로이 아치볼트를 죽음으로 몰아넣은 건, 내 어리석은 폭주 때문이야."

"그래그래. 당신이 적대하지 않았으면 내 의붓오빠와 약혼자도 좀 더 오래 살았을지 모르지."

거짓부렁이다.

형편에 좋다 싶어 맞장구를 쳤을 뿐이지, 나는 조금도 찬동하지 않는다.

말마따나 이 남자는 그 제4차 성배전쟁에서 의붓오빠(케이네스)의 첫 걸림돌이 되었다. 대의식에서 내 의붓오빠의 귀중한 성유물(聖遺物)을 훔쳐내고, 성배전쟁의 참가자로서 기병(라이더)의 영령와 함께 의붓오빠와 대립했다고 한다.

'……하지만, 그뿐이지.'

당시의 나는 이렇게도 생각했다.

조서를 본 바로는, 그 의붓오빠는 어떻게든 죽을 팔자였다.

의붓오빠는 극히 강대한 마술사였지만 전투의 전문가는 아니었다.

반면, 의식에 모인 참가자 중 몇 명은 갈 데까지 간 직업살인자였다. 결과적으로 말하자면 『그』가 했던 짓은 강물에 돌을 던진 수준이었고, 행여 다소 큰 돌이었을지도 모르지만 물살을 바꿀 만한 것은 아니었다——라는 것이 내 결론이었다.

일찍 깨닫고 도망쳐 왔더라면 목숨을 부지했을지도 모르지만, 그 성격을 가지고서는 그러지도 못했겠지. 요컨대 참가한 단계에서 내 의붓오빠는 외통수로, 뭐 죽을 만해서 죽은 거다. 로드 중에서는 역시 흔치 않다고 해도 마술사라면 왕왕 일어날 만한 수준의 비극이리라.

하지만 『그』는 신음하듯 입을 열었다.

"내 죄는 인정하겠어. ……그러니, 목숨만큼은 봐줬으면 해."

"이런, 거기선 속이 안 풀린다면 죽여도 상관없다고 말할 대목 아냐? 듣자니 당신이 의식에 참여한 극동에는 할복 같은 걸 곧잘 하는 풍습이 있다지? 여기서 목숨 구걸하는 건 좀 한심하지 않아?"

"해야 할 일이 있어서 그래."

너무나 딱 부러지게 말하는 바람에 또 아연해지고 말았다.

대관절 무슨 교육을 받아야 이런 식으로 자란단 말인가. 시계탑을 박차고 나가기 전의 『그』는 좌우지간 괴팍해서 본인의 미숙한 면도 돌아보지 않는 못난 인간이었다고 들었는데, 완전히 딴사람으로 보였다.

'어흠' 하고 헛기침했다.

"……그럼 모처럼이니 내가 몇 가지 요구해볼까?"

중요한 대목을 말해본다.

집 안에 『그』가 침을 삼키는 소리가 울리고, 나는 황홀한 미소와 함께 말을 이었다.

"현재 엘멜로이 파의 채무는 심상치 않아서 말이야. 내가 차기 당주로 뽑힌 단계에서 아치조르테 가문이 부담하게 되었는데, 이게 좀 이자를 내는 것도 어려워. 책임을 지겠다면 우선 이 채무부터 어떻게 해줬으면 좋겠군."

이 단계부터 불가능하다.

마술사 개인이 어떻게 하기에는 잃어버린 자산이 너무나 거대하다. 명색이 시계탑을 지탱하던 열두 명문가다. 현대의 액수로 환산하면 그야말로 할리우드의 영화쯤은 만들 수 있을 것이다.

"……알았어. 가능한 한 대처하지."

이런 호구를 봤는가.

온 힘을 다해 딴죽 걸 뻔한 내 기분을 부디 알아주길 바란다.

아니, 호구라기보다도 이건 각오를 마쳤다고 해야 할까. 당장에라도 울음을 터트릴 듯이 입술을 시옷자로 다문 채로 나를 쳐다보는 『그』의 얼굴은, 얼결에 그만 밟아버리고 싶을 만큼 귀여웠다.

살살 등골에 치미는 충동을 참으면서 이어지는 요구를 말했다.

"협회에서 의붓오빠의 마술각인—— 엘멜로이의 원류각인을 회수했는데 말이야. 안타깝게도 회수 가능했던 건 1할 정도였어. 고용하고 있는 조율사로는 복구하는 데 최저 3세대 이상은 걸려. 이것도 당신 책임으로 어떻게 못할까?"

"……받아들이지."

나는 무심코 '이 인간 골이 빈 거 아닌가' 하고 의심했다.

사실 제4차 성배전쟁이라는 건 골통에 구더기나 벌레라도 파묻는 의식이었던 게 아닐까. 그래서야 우리 의붓오빠도 못 버텨내지.

"그럼 가장 중요한 부분으로 들어가지. 남은 엘멜로이 파는 로드의 지위만은 기어코 지켜내겠다고 열심이거든. 아까 설명했듯이 파벌의 의견이 일치되는 후보는 나인데, 여하튼 너무 젊지? 내가 적령기가 될 때까지 아무쪼록 엘멜로이의 로드 자리를 유지해줄 수 없을까?"

"……그건…… 상관없지만, 구체적으로는 어떡하라고?"

"알기 쉽게 말하자면, 내가 성인이 될 때까지 누군가가 로드의 업무를 맡길 바란다는 뜻이지."

여기서 처음으로 『그』는 눈을 부릅떴다.

다른 요구는 각오하고 있었지만 여기서 비로소 예상을 넘어섰다는 것이리라. 목구멍에서 낮은 신음이 터져 나왔는데, 처음 개구리 다리를 뜯었을 때처럼 끝내줬다.

"기다려봐. 그건 다시 말해——."

"바로 그거야. 다른 로드들과의 중개자 노릇은 진정 재미없겠지만, 부탁하겠어, 로드 엘멜로이 2세. 아니면 이렇게 부를까? '친애하는 오라버니' 라고."

'휘청' 하고 『그』가 현기증을 일으키며 쓰러지려 했다.

가까스로 버텨서긴 했지만 거의 기절하기 직전이었다.

"그래. 네 번째 요구도 더해주지. 내 가정교사가 될 것. 음, 피가 안 이어진 오빠에게 지도를 받는다는 건 도착적이라서 실로 멋지군."

웃으며 마무리 일격을 가했다.

이 뒤에 도망 못 가도록 『그』에게서 조촐한 담보를 맡기도 했지만, 또 다른 이야기라는 걸로 넘겨도 괜찮겠지.

나와 『그』의 첫 만남은 이상이다.

제법 근사하고, 가슴 훈훈해지는 에피소드라고 인정해줄 수 있을까?

……아아, 딱 한 가지 말하는 걸 잊었군.

내 이름은 라이네스 엘멜로이 아치조르테.

『그』—— 웨이버 벨벳이라는 이름이었던 미숙한 마술사를, 로드 엘멜로이 2세로 올려놓은 여자다.

✦ 제1장 ✦

1

마차의 호출종에 졸음이 깼다.

눈꺼풀을 문지르면서 마부에게 인사한 다음, 트림마우와 함께 승강구 계단을 내려갔다.

우리 영국에서는 아직도 마차 문화가 끈질기게 살아남았지만, 사두마차쯤 되면 역시 왕실 물건이라도 아닌 한 목격 빈도는 부쩍 감소한다. 일부러 보내준 트란벨리오 파의 의도는 명확해서, 우리와 너희 차이는 알고 있지 않으냐며 암묵적으로 겁을 주는 것이었다.

어쨌든 우리 거리로 돌아온 나는, 늘 넣는 안약을 투약한 다음 크게 기지개를 켰다.

현대마술과(널리지)의 시가지—— 슬러는, 어딘가 모자이크 같은 거리다.

서쪽에는 그런대로 역사가 쌓인 길거리가 펼쳐져 있지만, 런던과 가까운 동쪽에는 유난히 근대적인 건물이 얼굴을 내비치고 있다. 통일감이 없다기보다는 대수술을 집행한 뒤에 붕대로 수술 자국을 가리고 있는 듯한 풍경이었다.

"……뭐, 요컨대 돈이 없는 거지만."

나는 그렇게 술회했다.

마술협회 · 현대마술과가 이 주변의 거리를 사들였을 때, 주위를 재건축하지 않아도 되겠느냐는 의사 타진은 확실히 있었다. 그런 말이 나온 건 주변 환경은 마술과 크게 관계하기 때문이어서, 가능하다면 옛날식 건축물로 통일하는 게 바람직하다. ——바람직한데, 어쨌든 현대마술과에는 돈이 없었다.

애초에 이 주변 땅을 사들이기 전부터 빚잔치 중이었다.

세상 전부라고는 말 안 하겠지만 7할 정도는 예산으로 결정된다. 이는 마술 세계에서도 변함없다. 서글프게도 본디 세상의 가치를 숫자로 환산하자는 금전의 개념부터 신비적인 것이니 어쩔 수 없으리라. 항상 인플레이션을 일으키는 지구상의 자산은 그 자체가 집합적 무의식이 만들어내는 환상이다.

실제로 금전에 관계된 마술은 동서양을 불문하고 일정 수요가 있다고 하는데, 우리 오라비 같은 논변은 이쯤에서 접어두겠다.

"자자, 그럼. 우선은—— 그래."

중얼거리면서 걷기 시작했다.

넝쿨이 얽힌 벽돌담을 돌아, 비탈길에서 십자로를 직진.

늦지 않게 목적지인 건축물이 보인다.

시계탑 12과 가운데, 본부로서는 가장 작은 학술동이었다.

주위에는 어떤 대학의 부속 시설이라는 명목을 내세우고 있었다. 참고로 제1과—— 전체기초(미스티르)의 학술동은 대학 그 자체로 위장하고 있지만, 아무래도 우리 현대마술과의 규모로 그렇게 변명하기는 어렵다.

널찍한 현관에 발을 들이자 서늘한 공기가 나를 맞이했다.

최소한 이곳만은 꾸미자고 널리지 경의 융자를 중점적으로 쏟아부은 홀인 만큼, 그만한 안정감과 품위를 유지하고 있다.

"…………."

불과 10초 만에 그 품위가 깨졌다.

"이얏호—." 하는 환호성과 함께 누군가가 홀에 있는 나선계단의 난간을 타고 미끄러져 내려온 것이다. 짧은 금발에 청색 눈동자. 너무나도 즐겁게 웃고 있었지만, 때마침 같은 나선계단에 발을 디디려던 나를 보고 그 표정이 반전했다.

"와, 와와와! 라이네스!"

급제동한 것도 소용없이 엉덩이부터 주륵 미끄러지며 소년이 가속했다.

제트코스터인가 싶은 기세로 활강하는 금발 소년이 울상

지으며 호소했다.

"미, 미안, 미안해요오오오오!"

"……트림."

중얼거린 내 뒤에서 스윽 수은색의—— 아니 수은 그 자체인 메이드가 걸어 나왔다.

정식 이름은 트림마우. 옛날 아치볼트 가문이 소유하던 마술예장 월령수액[볼루먼 하이드라저럼](月靈髓液)에, 내가 의사적인 인격부여와 기능한정을 시술한 것이다. 요컨대 말하자면 자율성 골렘과 극히 가까운 존재였다. 현재는 내 보디가드와 일상의 하인을 겸한 존재가 되었는데——.

그녀가 번쩍 올린 팔이 방금 나타난 금발 소년을 사뿐히 받아냈다.

"무사하십니까, 주인님[마스터]."

"응, 전혀 문제없어. 고맙다."

트림마우의 물음에 나는 살짝 끄덕였다.

다만 충돌한 순간의 충격이 푹신해서 유난히 가벼웠던 것과, 직전에 소년이 "떠라[플루]!" 하고 1공정[원 카운트]의 영창을 떠든 것도 인식하고 있었다.

아마 관성제어의 마술이라도 될 테지. 원 카운트로 기동한 걸 보면 무슨 호부[애뮬렛](護符)도 병용한 거겠지만, 낙하 중이었는데도 참 용하다고 감탄했다. 원래 마술에는 극도의 집중이 필요한지라 어지간히 고위의 마술사여도 같은 행위가 가능하냐고 물으면 고개를 저을 것이다. 『천재 바보』라고도 『천혜의 화근거리』라고도 불리는 소년의 눈을 바라보며 나는 입술에 미소를 머금었다.

"그래서, 변명할 말이 있나?"

"아니, 그치만, 눈앞에 나선계단이 있는데 미끄럼 안 타면 실례잖아요! 이토록 깨끗이 닦아둔 난간이 날 기다리고 있으니, 그냥 쫄래쫄래 따라가는 게 매너죠!"

"……그 변명도 이번으로 서른일곱 번째다. 플랫."

마지막 말은 내가 한 게 아니다.

나선계단 위에서 타박하는 목소리가 날아온 것이다.

방금 플랫이라고 불린 소년이 미끄럼을 탄 난간에 뺨을 갖다 대고 있는 사람은 정신이 번쩍 드는 미남이었다.

킁……하고 난간 옆에서 코를 실룩였다.

"변함없이, 무턱대고 번쩍번쩍 빛나서 종잡지 못할 냄새군. 맨 먼저 교실을 나간다 싶더라니 또 이거냐."

연령은 플랫이라고 불린 소년과 똑같이 열다섯 살쯤.

보드랍게 웨이브 진 금발은 오후의 햇빛을 받아서 설탕공예품처럼 보였다. 울적하게 내리깐 눈동자 색은 초록과 군청 사이를 출렁거렸다. 호리호리한 손가락부터 쇄골까지 이어진 균형. 그리고 그리스의 석상이라면 이러할 것이라는 생각이 절로 드는, 거의 기적적일 정도의 오체의 조형.

그 미소년이 가시 돋친 태도로 말을 던졌다.

“엘멜로이 선생님께 몇 번 혼나고 과제가 세 배로 늘었었지?”

“어? 그치만 과제 늘리는 건 선생님 나름의 격려잖아! 르시앙도 선생님이 리포트 더 얹어주면 좋아하는 눈치면서!”

“남더러 르 시앙[개](Le chien)이라고 하지 마! 스빈이다! 스빈 글라슈에이트! 몇 년 지나면 그 텅텅 빈 머리에 들어갈 거야!”

눈꼬리를 추어올리며 검지를 척 들이댄다.

그 검지에서 내 목덜미를 오싹 서늘하게 하는 뭔가가 발사되었다.

간드(gandr)라고 불리는 북유럽의 마술은 손가락질만으로 사람을 병에 걸리게 한다지만, 이쪽은 짐승같이 사나운 살의가 응집된 것이다. 농축된 살의는 그 자체가 저주나 마찬가지다. 예를 들면 동양에서 쓰는 고독(蠱毒) 등의 사례를 떠올리면 이해할 수 있을 것이다.

아아, 노파심에 덧붙이자면 이건 마술이 아니다.

그로서는 **생태**다.

“그치만 르 시앙은 르 시앙이라고! 프로페서 카리스마나 마스터 V나 그레이트 빅벤☆런던 스타나 마기카 디스클로저 같은 거랑 마찬가지로!”

다만 직격을 받은 플랫은 태평하게 눈치도 못 채고 있었다. 날 때부터 지닌 강인한 마술회로가 어지간한 저주는 튕

겨내는 것이다.

“……그거 죄다 엘멜로이 선생님이잖아! 게다가 그레이트 빅벤☆런던 스타는 네가 붙인 이름이고!”

“프로페서 카리스마는 르 시앙이잖아!”

플랫의 항변에 ‘으.’ 하고 소년—— 스빈이 신음했다.

뭐, 여기선 나까지 르 시앙이란 호칭에 편승하기보다 스빈이라고 부르는 편이 낫겠지. 번거로워지니.

플랫이 ‘핫’ 하고 숨을 멈추었다.

“혹시, 르 시앙이 자란 환경에선 『닉네임』이란 개념이…… 없어……?”

“그럴 리 있겠냐!”

고함 소리는 마력이 담긴 포효가 되어 계단 밑을 두드렸다.

반쯤 물리적인 위력마저 띤 일갈이 터지기 직전, 나도 고개를 내젓고 트림마우의 손을 잡고 있었다.

“——조율하라(adjust).”

‘훅’ 하고 숨을 불었다.

요컨대 수은인 트림마우의 몸을 안개형으로 바꾸어 넓게 흩뿌린 것이다. 옅은 회색의 베일이 스빈의 포효를 받아내어 분자 레벨로 난반사 시키면서 무해한 수준까지 저주를 흩트렸다.

그제야 간신히 스빈도 나를 알아챈 모양이었다.

"……어, 라, 라이네스 님."

곱상한 눈을 부릅뜨고 당장에라도 자해할 것처럼 몹시 민망해하며 내게 고개를 숙였다.

"실례했습니다! 아가씨께 이런 무례를 저지를 마음은!"

"아니야, 아니야. 재미있는 구경거리였어."

솔직한 소감을 읊었다.

이런 장면을 보여줘서야 '오호라 마술이란 재미있는 일인가 보구나' 하고 다른 사람이 착각에 빠져버릴 것만 같다. 마술에 관해서는 대놓고 이류인 우리 오라비가 이런 풍경을 매일같이 보며 고뇌할 걸 생각하자니 그만 기쁨을 느낀다.

스빈과 플랫.

이들이야말로 엘멜로이 교실의 쌍벽이었다. 아니지. 시계탑 전체를 내다봐도 이 연령대라는 조건을 단다면 상당한 상위로 치고 올라갈 것이다.

하기야 그런 능력이 있었기 때문에—— 특히 플랫은 시계탑의 각 교실을 전전하다가 오라비 쪽에 떠맡기는 처지가 되었지만.

"그런데 우리 오라비와 그레이는 어디 있지?"

"그레이땅…… 아니, 그레이 씨에게 용무가?"

한순간, 미소년의 어미가 멈칫거렸지만 일부러 무시해 주었다.

이 소년이 스토커 같은 행동만 하던 끝에, 어느 소녀의 몇 미터 내에 들어가지 말라는 오라비의 엄명을 받아 풀이 죽어 있었다고는 상상하기 어려울 것이다.

음. 제법 도착적이라서 좋군.

스빈은 '킁' 하고 코를 실룩인 다음 입을 열었다.

"학술동에서 나간 냄새는 없으니, 아마 선생님의 방이라고 봅니다만."

"고맙다."

감사를 표하고 플랫의 이마를 콕 눌렀다.

"라이네스."

"애교 있게 부르는 건 개의치 않지만, 너도 침착성을 좀 더 기르도록. 일단 현역에선 최고참이지 않나?"

"……외람되지만, 라이네스 님. 플랫보다는 제 쪽이 1개월 빠릅니다."

불만스러운 눈치로 스빈이 한 말에 그만 웃고 말았다.

"그럼 더더욱 그렇지. 너희는 동기나 마찬가지 아니냐. 서로 도우며 지내라."

그렇게 말하고 나선계단을 올라갔다.

마침 교실에서 나오는 사람들은 대체로 뉴에이지의 학생들이었다. 다른 12과에서는 좀처럼 받아들이지 못하는 학생들이 이 교실에서만은 활개를 치고 있다. 그것이 좋은 일인지 아닌지, 사실 나로선 모르겠다.

어쨌든 나는 그네들을 본체만체하며 대리석 바닥을 걸어갔다.

이윽고 작은 목소리가 귀에 닿았다.

콧노래였다.

매우 자그마한—— 조심스러운 노랫소리.

후미진 곳에 있는 방문을 열자 기름 냄새가 희미하게 코를 찔렀다.

오라비의 방은 바깥쪽과 안쪽으로 공간이 나뉘었고, 입구 옆에 신발장이 놓여있었다. 물론 건물 안에선 흙발로 다니는 게 일반적이기에 여기서 신발을 벗지는 않지만, 의붓오라비는 개인적인 고집이 있는지 학술동의 자기 방에도 신발과 여벌 옷을 반입했다. 그 입구에 매우 작은 원형 의자가 놓여있었고, 다소곳이 회색의 요정 같은 게 앉아 있었다.

회색 후드를 뒤집어쓴 소녀가 작은 헝겊으로 신발을 문지르고 있었다.

때를 지우는 제거제와 구두약 캔을 옆에 두고, 각각 다른 헝겊을 써서 즐겁게 전체를 닦고 있다. 다소 손끝이 더러워지는 정도는 개의치 않으며 가죽이 섞인 부분까지 정성껏 문지르고 있었다.

"구두닦이라니 이건 또."

"……라이네스 씨."

소녀가 움찔 후드를 쓴 어깨를 떨고 내 쪽을 돌아보았다.

솔직히 자못 괴롭히고 싶어지는 시추에이션이지만, 이상하게도 이 소녀에게는 그럴 맘이 일지 않았다. 진짜 목표가 안쪽에 대기하고 있는 탓일지도 모른다. 난 우선 전채(오르되브르)를 즐기기도 하지만, 뭐 플랫과 스빈으로 만족했나 보지.

아무래도 다 닦은 듯한 구두가 세 켤레 사이좋게 늘어선 것을 보고 입을 열었다.

“참 즐겁게도 닦던데. 구두 닦는 게 그렇게 즐거울 줄은 몰랐군. 다음에 나도 해보게 해다오.”

“……소제(小弟)가 할 일이니까요.”

조심스럽게, 소녀── 그레이는 때 묻은 헝겊과 구두약을 애써 감추었다.

“빼앗겠다고 하는 말이 아니야.”

귀여운 몸짓이어서 그만 미소가 새어 나오고 말았다.

이것도 나치고는 드문 일이었다. 아마도 그녀가 마술에 가깝다고는 해도 마술사가 아니기 때문이겠지. 이해관계가 없는 상대라면 갑옷을 껴입을 필요도 없다. 아니 솔직히 말하면 어릴 적부터 익숙한 갑옷과 피부는 나 자신도 별로 구별 못하지만.

“그냥 네가 즐거워 보여서 한번 공유해보고 싶었을 뿐이지.”

“……즐거워, 보였나요?”

소녀의 회색 눈이 이상한 말을 들은 것처럼 흔들렸다.

이 소녀는 마치 흑백의 세계에서 찾아온 것 같다는 생각이 든다. 피부도 머리카락도 눈도 의복도 전부 다 흑백으로 나뉘어 있다. 색깔 없는 세상의 겨울 요정 같다. 새하얀 눈에 파묻힌 경치 속에서 그녀 한 명은 구슬플 정도의 회색(Gray)으로 남아있을 테지.

"아까 부르던 노래는 고향 것이던가? 어쩐지 먼 나라의 이상향이라도 노래하는 것 같던데."

"……어, 저."

소녀는 자기가 닦은 구두를 바라보면서 한동안 고민하다가 입을 열었다.

"……그럴지도, 모르겠어요."

"자기가 불러놓고?"

"고향에서 배운 노래지만 내력이고 뭐고 들어본 적이 없어서……. 원래 고향에 관련된 노래인지 아닌지도 소제는 모르거든요."

"아하."

그러고 보니 그녀를 거두어왔을 때의 이야기는 오라비에게서 별로 못 들었다.

하긴 대체로 과거 이야기는 금지라는 게 마술사의 암묵적인 합의이기도 하다. 들쑤시면 으레 아픈 곳밖에 없기 마련이고.

말이 멈칫거린 바람에 소녀는 다시 구두로 시선을 내렸다.

결코 신속하지는 않았지만 하나씩 정성껏 닦는 손길을 쉬지 않으며 나직하게 입을 열었다.

"……라이네스 씨는, 고향의 추억은 있으세요?"

"음, 나 말인가."

저도 모르게 그 모습을 흥미롭게 바라보고 있었는데, 질문 내용에 눈을 깜빡거렸다.

"어디 보자. 나야 엘멜로이 파의 말단이라고는 해도 어쨌든 아치조르테 가문의 정통이긴 했으니 말이야. 흔해 빠진 마술사 이야기가 될걸? 아아, 시계탑 인근에 살던 바람에 약간 비릿한 음모 비중이 커질까? 뭐, 요 10년은 외줄 타는 일만 많았지. 시계탑 여기저기 할 것 없이 날 어리고 편리한 체스말로밖에 여기지 않던 건, 그것참, 지금 생각해도 제법 유쾌한 광경이었지."

물론 그 대부분은 내게 엘멜로이 파의 권력이 고정되었을 때, 적절한 보답을 선사해주었지만.

그러자 큰맘 먹은 듯이 그레이가 입을 열었다.

"……그건, 스승님이 로드 엘멜로이 2세가 된 이유인가요?"

웬일인가 싶었다.

불과 한두 달 전의 그녀라면 물어볼 것 같지 않던 질문이었기 때문이다.

실제로 소녀는 그런 물음을 꺼내버린 본인을 남사스러워

하듯이 회색 후드를 깊이 눌러쓰며 더더욱 고개를 숙였다.

"궁금한가 보지?"

"……그럴지도, 모르겠어요."

난처한 듯이 그레이는 구두를 닦기만 했다.

구두약을 옅게 바른 구두를 이번에는 구두솔로 광을 내기 시작했다. 부드러운 말총이 몇 번이고 거듭거듭 검은 가죽 표면을 오가며 사람의 얼굴이 반사될 정도로 광을 낸다. 실제로 구두코에는 뿌연 그레이의 얼굴이 비쳐서 이렇게 입을 열었다.

"……스승님은, 하고 싶어서 로드 역할을 하는 것처럼 보이진 않아서요."

옳지. 착안점이 좋다.

그런 야심을 슬쩍이라도 내비쳤더라면 나도 선택하지 않았을 것이다. 결국 그 인간은 마술과 그 너머에만 흥미가 있는, 마술사다운 마술사다. 시계탑의 권력 투쟁도 원점을 돌아보면 마술 연구를 위해 유리한 환경을 확보하는 게 목적이었을 테지만, 과연 현재 마술사 중 몇 할이 그 대전제를 기억하고 있을는지.

"내가 이래저래 옭아매고 있는 건 분명하다마는."

이크, 심술궂은 웃음을 짓고 말았다.

이 애는 별로 괴롭히지 말자고 마음먹었는데 긴장을 좀 풀면 이 꼴이다.

“……스승님한테 또 뭔가 의뢰하러 온 건가요?”

평소처럼 숨김없는 말투로 그레이는 물었다.

남과 접촉하는 것을 쭈뼛쭈뼛 겁내고 있는데, 그럼에도 열심히 손을 뻗으려고 하는 그 태도에 살짝 긴장이 풀리고 말았다.

“넌 정말로 좋은 입실제자로군.”

후드 위로 머리에 손을 툭 얹었다.

그레이 쪽도 “……우.” 하고 자그맣게 신음하긴 했으나 몸을 피하지는 않았다. 옳지, 옳지. 실컷 어루만져주마.

“그보다 너는 실내에서도 내내 후드를 쓰고 있는데, 후덥지근하지 않나? 우리 오라비의 잔소리가 많아서 그렇다면 내가 한 소리 해줄 수 있다만.”

“……저, 그건.”

난처한 듯이 소녀가 후드 끝을 누르며 부끄러운 내색으로 말했다.

“그 사람은, 소제가 얼굴을 숨겨도 된다고 말해주니까요.”

“허.”

이건 또 잘 모를 심리다.

그렇다고는 해도 나는 오라비와 달라서 이해할 수 없는 부분은 일단 따지고 본다는 식의 나쁜 버릇은 없다. 모르겠으면 내버려 두면 되는 거다. 인생은 짧다. 할 일은 너무 많다. 날아온 숙제야 늘 산더미처럼 쌓이는 게 당연한 노릇이니까.

일단 이번에는 용무 쪽을 우선하기로 했다.

"우리 오라비는 안에 있을까?"

"네."

검지를 까닥까닥 흔들자 소녀는 꾸벅 고개를 흔들었다.

"그럼 다음에 또 보지."

윙크 한 번 보내고 나는 안쪽의 번듯하게 생긴 문을 잡았다.

열어젖히자 정돈된 방이 펼쳐졌다.

처음 눈에 띄는 것은 빈틈없이 꽉꽉 들어찬 책장일 것이다.

꼼꼼할 만큼 장르와 사이즈로 구분하고, 더불어 햇살에 변색되지 않게끔 창문 각도도 주의하고 있다. 슬라이드식 책장에는 대강 2천 권 정도의 장서가 있을 텐데, 당연히 컬렉션 중 극히 일부다.

책상에 놓인 순은제 만년필과 단두대식 시가 커터도 실로 운치 있어서, 이 부분만 오려내면 유능한 남자의 사무실이라고 해도 손색없다. ……아니 뭐, 기분 전환용인지 최신 휴대용 게임기가 구석에 놓여있는 건 명색이 시계탑에 이름을 올린 학술동의 방으로서는 다소 위화감을 금치 못하겠지만.

"연립주택은 그 꼴인데, 시계탑에선 왜 이런지. 내숭이라도 떨 심산인가? 오라버니."

"……집무실은 정리해두는 게 당연하지 않나."

양쪽 다 인사도 없지만 우리 오라비는 마침 독서 중이었던 모양이다. 안쪽에서 앤티크 의자에 앉아 팔걸이에 팔을 올린 채로 우울하게 페이지를 바라보고 있다. 시계탑의 교수들이 높이 치는 고서가 아니라 비교적 새 서적이었다.

따라온 트림마우가 문을 닫는 것을 확인한 뒤에 나는 힐끗 책 제목을 확인했다.

"그 책은 처음 보는군."

"캘리포니아의 컨벤션에서 올해 화제가 된, 원자력과 5대 요소에 관한 마술 논문이라서. 극히 내부용으로나마 한정으로 수십 부가량 찍어낸 것을 보내주더군. 하긴 요즘은 전자서적으로 회원에게 판매도 하는 것 같지만."

귀찮은 내색으로 오라비가 설명했다. 듣건대 현대마술이 번성한 곳은 캘리포니아가 중심인 미국 서해안 지역이라고 해서, 매년 현대 과학에 바탕을 둔 최신 마술 논문이 발표되고 있다는 모양이다. 물론 그 대부분은 실제 마술과는 관계가 희박하다. ──즉, 오컬트 및 신비학의 범주에 들어가기 때문에, 시계탑에서도 이쪽 방면 논문을 일일이 체크하는 사람은 우리 오라비와 더불어 몇 명 정도뿐일 것이다.

긴 흑발과 미간에 얕게 파인 주름.

잔걱정 많은 기질 때문에 다소 연상으로 비치지만, 아직 청년의 인상 또한 남은 표정을 짓고 있었다.

로드 엘멜로이 2세.

그 이름을 떠올리기만 해도 그만 웃음이 솟고 만다.

내가 내린 이름. 위임한 지위.

“……그래서 뭐지? 또 무슨 군말이라도 있나?”

서적에서 눈을 떼지 않으며 오라비가 매정하게 말했다.

아아, 이건 바쁘다기보다 눈도 맞추고 싶지 않다는 거겠지. 미움 받는구나 싶으니 또 등골에 쭈뼛쭈뼛 유열이 내달렸다.

그래서 무심코 놀려먹고 싶어졌다.

“박리성(剝離城) 사건은 고생하게 만들었어.”

“큭……!”

오라비의 얼굴이 힘껏 찌그러졌다.

‘으득’ 하고 이를 가는 소리가 들릴 것 같다. 일찍부터 의치를 하는 처지가 되지 않을까 걱정되지만, 그건 그것대로 즐길 수 있을 것 같다.

“……고생 수준이 아니었다고.”

“이거 참, 실례. 하지만 그만한 사정이 있는 건 오라비도 알고 있었을 것 아닌가?”

어깨를 들썩이고 나는 가까운 의자의 등받이를 쓰다듬었다.

뭐, 그곳의 유산을 손에 넣을 수 있다면 그러고 싶었던 건 본심이다.

엘멜로이의 마술각인 복원에 써먹을 수 있었느냐 묻는다면 어렵겠지만, 상당한 단가로 팔아치울 수 있었을 건 틀림없다. 결국 그 사건에서 이득을 본 쪽은 남은 유산을 몰수해 버린 법정과가 되었지만.

"그러고 보니 루비아젤리타 에델펠트와 만났다고? 당신을 지도자(tutor)로 지명한다는, 나 같은 짓을 했다던데."

"그 아가씨라면 즉시 세 학부에 지망서를 보냈더군……."

서적을 한 손에 잡은 오라비가 관자놀이를 주무르며 말했다.

통상적이라면 시계탑에 입문한 마술사는 전체기초 과정에서 5년가량 지낸 다음, 각 학부로 이행하는 흐름이다. 단, 이것은 성문화된 것이고 뭐고 아니라 우수한 마술사일수록 일찍부터 겸학 및 이적을 반복하는 것도 흔하다.

덧붙여서 말하자면, 오라비는 각 학부에서 도우미처럼 강의하는 처지에 놓여있기에 엘멜로이 교실이라고 하면 현대마술학부로 그치지 않는 영향력을 보유하고 있었다.

"호오라. 과연 소문 자자한 에델펠트. 어쩔 심산이라지?"

"흥. 뭐가 어쨌든 간에 보석 마술이니 말이야. 뒷바라지는 광석학부가 보라고 하겠어. 거기에 내 추천장도 얹어두지. 그녀에게 그런 게 필요할지야 따로 치고."

"이건 또 원."

감탄해야 할지 어이없어해야 할지.

이러니저러니 해도 남을 잘 돌봐주긴 한다. 자신의 고생을 끌어모으는 원인이 끝 마디에 내비치는 인정미임을 이 오라비는 어디까지 이해하고 있을는지.

덤으로.

"……딱히 잡담하러 온 건 아닐 테지."

자기가 먼저 말을 꺼내주는 등 자상하기 짝이 없었다.

"얼른 이번 용건을 말해. 일부러 나한테까지 왔잖아. 어차피 웬만한 것 이상으로 변변치 못한 안건일 것 아닌가."

"아아, 간단한 거야."

나는 쓴웃음과 함께 끄덕였다.

집무용 책상에 두 팔꿈치를 짚으며 오라비에게 훽 접근했다. '얘가 또 무슨 장난기가 발동한 건가?' 하는 눈초리를 구태여 무시하면서 중요한 용건을 말했다.

"저기 있는 그레이를, 내게 며칠 빌려줄 수 없을까?"

"…………."

이 말은 예상하지 못했는지 오라비의 대답은 몇 초 늦었다. 안 그래도 별로 좋지 못한 눈매를 더욱 가늘게 좁히며 이제야 수중의 서적을 탁 덮고 나서 내게로 눈길을 옮겼다.

"왜, 그레이를?"

"오오. 처음으로 내 쪽을 돌아봐 주었군? 입실제자가 그렇게 소중한가?"

"……레이디."

오라비의 음성에 몹시 진지한 기색이 섞였다. 뭐 이런 오라비다. 자기 일에는 덤덤해도 일단 제자 일이 되면 속절없이 변모한다.

“계약이 있는 이상, 당신 소원은 되도록 참작하지. 하지만 거기에는 제자에게 지시하는 것까지 포함되지 않았어. 만약 엘멜로이 교실의 학생이 자기 수하라는 마음이라도 먹었다면, 그건 서로에게 별로 바람직하지 못한 오해다.”

나 이거야 원.

그 제자에 그 스승이다. 아니 반대인가. 뭐, 놀려먹는 것도 이만 끝내야겠지.

나는 어깨를 으쓱이고 솔직한 속내를 토로했다.

“사실은, 사교모임에 불려서 말이야.”

“……사교모임?”

“그래. 트란벨리오 파의 초대야. 평소라면 사양할 입장이지만, 우리에게 융자해주고 있는 널리지 경의 중개여서야 아무래도 무시할 수 없지 않은가?”

“……트란벨리오 파에서?”

오라비의 시선에서 온도가 가파르게 내려가는 실감이 났다.

……아아.

돌아왔다는, 느낌이 든다. 이 차가운 긴장감. 플랫과 스빈의 너무나도 파격적인 자태와는 다른, 내가 아는 마술의 세계. 조금 전 그레이에게도 비슷한 질문을 듣긴 했으나 그 실태는 런던의 그림자를 훑아온 사람이 아니라면 알 수 없으리라.

이곳이, 내 고향이다. 내가 태어나서 자라온 곳이다.

오라비가 낮은 목소리로 물었다.

"사교모임의 취지는?"

"그 전에, 내 가정교사에게 한 가지 물어봐도 괜찮을까?"

검지를 세운 나는 역시 오라비의 답변도 기다리지 않으며 곧장 말을 이었다.

"내 스승에게 묻겠다. ——미(美)란, 본디 어떠한 것인가."

갑자기 선문답으로 화제를 갈아치웠다는 생각밖에 들지 않는 내 발언. 그러나 오라비는 심히 무거운 내색으로 얼굴을 찌푸렸다.

한숨을 한 번 쉬고 책상에 손을 뻗는다.

"마술에서 미를 정의하자면, 일반적인 예는 황금비겠지."

말하면서 오라비는 탁상에 놓아둔 삼각자와 컴퍼스를 꺼냈다.

근처 메모지를 끌어와 우선은 삼각자를 써서 손에 익은 동작으로 정사각형을 그린 다음, 그 한 변에 스윽 컴퍼스로 원을 그렸다.

실제로 이 방면의 기술은 마법원을 그리는 데에는 필수적이며, 뛰어난 마술사에게는 뛰어난 측량사의 기술도 필요하다. 옛 마술사들이 목수들의 호조조합(프리메이슨)에 참가했었다는 설도 꼭 미심쩍은 이야기만은 아니었다.

오라비는 정사각형의 한 변을 길게 늘여 원과의 접점을 이용해 어느 직사각형을 만들어냈다.

"이것이 황금비다. 피보나치 수열의 이웃하는 두 항의 비. 즉, 대략적으로는 짧은 변을 1로 치고 긴 변을 1.618로 두는 직사각형. 지역과 시대를 불문하고 인류가 미를 찾아내는 비율이지. 전승으로는 고대 그리스의 건축가 페이디아스가 발견해서 각종 건축에 응용했다고도, 그보다 2천 년 이상 더 전에 이집트 제3왕조의 제례문 낭독 신관장 임호텝이 피라미드 건설에 이용했다고도 한다.

물론 황금비 말고도 잠자리 날개나 벌집 같은 허니컴 구조, 앵무조개나 회오리, 은하의 성운이 형성하는 대수나선 등에서 조화의 미를 찾아내는 사람은 많지. 당연하지만 많은 마법원과 공방(工房)도 수학상의 조화 없이 안정되는 건 불가능해. '아름다운 자여, 그대 이름은 숫자이니' 라고나 해야 할까."

오라비가 달변을 펼친다.

이미 오라비의 어조는 강사처럼 바뀌었다. 정녕코 천직인 것이겠지. 그렇다면 그 천직을 선사해준 내게 조금쯤은 더 감사해도 벌 받지는 않을 거라 본다만.

"아하. 페이디아스의 이름은 왠지 모르게 기억하고 있지.

아마 수학에서 Φ 기호의 바탕이 된 사람 아닌가?"

"참 어중간하게 기억하고 있군그래. 애초에 Φ 자체가 황금비를 가리키는 기호야. 그 밖에도 오일러 함수나 파동함수에도 쓰고 있다마는."

심드렁하게 오라비가 대답했다.

"페이디아스는 파르테논 신전의 총감독을 청부받은 건축가로, 세계 7대 불가사의에도 꼽히는 올림피아의 제우스 상을 만든 인물이다. ……흥. 자칫 삐끗하면 능히 영령이 될 수도 있는 인재지."

나직이 중얼거린 말에는 가급적 무시를 관철했다.

우리 오라비는 어쩜 이리도 꼴사납게 미련을 못 털어낼까.

잠깐 뜸을 두며 오라비의 손이 품속에서 시가를 꺼냈다. 시가 커터로 끝을 잘라내고 성냥불에 지져 불을 붙였다.

"……하나 이러한 미와는 별개로, 시대와 지역에 따라 변이하는 아름다움이 있다. 즉, 『유행』이라는 거지."

말한 다음 천천히 연기를 빨아들였다.

일단 내 취향을 고려해선지 비교적 향이 담백한 브랜드였다.

"이 『유행』이란 딱히 패션이나 음악에만 속한 게 아니야. 거의 모든 인간의 문화에서 표출되지."

"호오. 이것 보게. 모든 문화라니 크게 나왔군?"

"사실이니까."

오라비는 시가를 피웠다.

“고전의 재평가니 재발견이니, 얼마든지 듣는 소리 아닌가. 그러한 『유행』은 현대마술적으로 고찰하자면 집합적 무의식——다소 어폐를 포함하지만 동양의 말로 아뢰야식(阿賴耶識)이라고 해도 무방하겠지——에서 정기적으로 부상하는 것이야. 깊은 바닷속에서 때때로 얼굴을 내비치는 빙산의 일각을 예로 들어도 되고.”

눈앞의 연기를 오라비의 손가락이 빙글빙글 휘저었다.

그 연기가 바다고, 내민 손가락이 빙산의 일각이라는 뜻인 거겠지. 혹은 인류의 집합적 무의식이란 그만큼 애매한 거라고 말하고 싶은 건지도 모르겠다.

“즉, 단순하게 개인이 좋아했다가 싫어했다가 할 뿐인 현상과는 달라. 우리의 기호는 순수하게 내발적인 것이 아니고, 다양한 외적 환경에 끊임없이 영향받고 있다. 이 노선에 따르면 종교 또한 알기 쉽게 아름다움이 얽히는 예겠지.”

“종교?”

“그래. 종교는 그 이념이 아름답다고 인정받았기 때문에 일반에 침투하는 거야. 그토록 우상숭배를 금지하는 그리스도교가, 마리아 상 등의 종교예술에는 열성적인 건 그런 이유지. 이념으로서의 아름다움을 예술로서의 아름다움과 한 세트로 제공함으로써, 과거의 수많은 종교들은 그 시대의 신자를 확보해왔다는 뜻이야.”

종교를, 아름다움에서 기인한 것이라고 우리 오라비는 말하고 있다.

당시의 많은 사람이 그러한 규율을 아름답다고 여겼기에 비로소 종교는 한 인간으로부터 한 지역으로, 때에 따라서는 세계 구석구석까지 퍼져 나가는 것이라고.

"그리고 이 아름다움 또한 정기적인 『유행』과 무관하지 않아. 여하튼 미트라교와 마니교가 같은 지역에서 엇갈리며 발흥과 쇠퇴를 반복한 사실에서, 한정된 집합적 무의식의 변천을 찾아내는 논문도 있을 정도다."

"잠깐 기다리게. 즉, 우리가 어떤 종교에 귀의하는지도 『유행』이라고?"

"그렇고말고."

성당교회 같은 곳에서 들으면 즉각 처분당할 만한 결론에 오라비가 수긍했다.

"요컨대 어떤 종교에 호감을 품을지도 『유행』에 따라서 바뀌는 거지. 메이저한 종교는 대개 여러 노선을 가지고 있어서 시대의 『유행』에 맞추어 전환함으로써 대처할 수 있도록 하고 있다마는. 부디즘(Buddhism)이면 대승과 소승, 그리스도교라면 구교와 신교, 언뜻 대립하는 것처럼 보이지만 결국은 그 시대 사람들의 『유행』에 적절하게 부응한 결과지."

"……그렇군. 장대한 이야기인데."

나도 한쪽 눈을 감았다. 시가 연기가 눈에 따가웠을지도 모르겠다.

패션이나 음악의 『유행』이 10년이나 20년마다 순환하듯이 종교로 드러나는 문화 집단의 미의식조차도 수백 년이나 천 년의 시간을 거쳐 쇠퇴와 부흥을 반복하는 것이라고, 오라비는 설명하는 것이다.

"…………."

동시에 나는 시계탑에 전해지는 또 하나의 역사도 돌아보고 있었다.

패러다임 시프트.

이제 다시는 돌아갈 수 없는, 불가역적인 변화.

신대(神代)가 끝나고 요정의 시대가 끝나고 마침내 인류의 시대로 이행했다. 그리고 아마 그다음에 이어질 터인 새로운 시대는――.

"그런데, 레이디. 당신이 말하는 아름다움이란, 방금 말한 것 중 어느 쪽이지?"

갑자기 오라비가 시가를 들어 올려 들이밀었다.

눈은 내 쪽을 곧게 응시하고 있었다.

"흐음."

"내가 생각해보건대―― 네가 하고 싶은 말은, 그러한 『유행』이나 수학적으로 증명될 만한 부류가 아니군. 아니지. 그러한 상식을 초월한 미를, 만약 인간이 체현할 수 있다면 어떻게 되냐는 말이 아닌가?"

오라비가 이야기를 핵심으로 몰았다.

힌트를 좀 많이 뿌렸을지도 모르겠다.

"후후후. 뭐, 우리 오라비에게는 좀 지나치게 쉽나?"

순순히 받아들이며 혀를 빼꼼 내밀었다.

세상에 미녀 전설은 수없이 많다.

클레오파트라.

양귀비.

헬레네.

물론 3대 미녀뿐만 아니고, 이런 미의 정의란 이랬다저랬다 한다.

역사 및 지역에 따라서 목이나 발가락이 긴 것에서 미를 찾아내는 사람이 있으면, 마냥 긴 머리카락에서 미를 찾아내는 사람도 있다. 이는 방금 오라비가 말한 『유행』에 기인하는 것이리라. 로드 엘멜로이 2세는 단순히 일정 세월 중에 반복하며 부상하는 것만이 아니라, 지역적인 미적 감각까지 포함해서 『유행』이라고 정의했으니까.

하지만 그런 상식과도 단절된 존재가 있다면?

그것은, 정녕 마법의 영역에 손이 가닿았다는 말이 되지 않겠는가.

긴 흑발에 연기를 휘감고 오라비는 조용히 간파했다.

"……그렇군. 사교모임이라 함은, 황금희, 백은희의 피로연인가."

2

오라비는 한동안 입을 다물고 있었다.

창으로 들어오는 햇살이 오후의 우울함을 머금고 그의 옆얼굴을 비스듬히 지나간다. 머물러 있는 시가 연기는 그러한 빛의 띠를 또렷하게 드러내고 있었다.

"……그래. 당대의 황금희, 백은희도 슬슬 때가 되었나."

한 번 더 말했다.

하얀 손끝이 조금 전의 메모지를 톡톡 두드렸다.

"그래. 트림만으로는 아주 불안하지. 하지만 시계탑의 사교모임에 데려갈 만한 보디가드가 짚이질 않아서 말이야. 우리 오라비도 탐정은 몰라도 호위 역할에 걸맞다고는 말하기 어려우니, 여기선 입실제자의 힘을 빌리고 싶어서."

"그럼 네 쪽에서 그레이에게 부탁해."

"우."

뜻밖의 대꾸에 나도 순간 당황했다.

"아까도 말했지만 내 학생이라고 해서 자유롭게 부릴 수 있다는 생각은 말아줬으면 좋겠군. 애초에 너와 그레이는 내 학생이라는 의미로는 동기간이잖나. 그런 요망이 있으면 날 경유하지 말고 직접 의뢰해야지."

"즉…… 개인적으로 의뢰하는 방식이면 상관없다?"

"그럼 무슨 말이겠나?"

"으, 음……."

골똘히 생각하는 나를 오라비가 어쩐지 묘한 눈매로 쳐다보았다.

"전부터 생각했다만."

"음?"

눈썹을 찌푸린 내게 날카롭게 치고 들어온다.

"너, 친구에게 뭔가 부탁해본 적 없지? 아니 친구가 있긴 하고?"

"……으으음."

저도 모르게 신음하고 말았다.

정곡이기는 했다. 이것이 정식 의뢰라거나 거액의 보수를 요구받기라도 한 거라면 아무런 문제도 없는데, 필시 그러한 게 아니라는 것쯤은 나도 안다. 어, 아니, 물론 나도 나름대로 친구는 있지만 이런 상황에 맞춘 훈련은 하지 못한 참이라서.

"……저."

목소리와 함께 문이 열렸다.

회색 후드를 쓴 소녀가 자그마한 몸을 더더욱 작게 웅크리며 그곳에 서 있었다.

"……그 이야기, 소제는 받아들여도 괜찮아요."

"그레이."

오라비가, 눈을 깜빡였다.

그러자 소녀는 어깨를 움츠리며 고개를 숙였다.

"……죄송해요. 들을 생각은 아니었는데."

쭈뼛쭈뼛 말한 순간에, 새로운 목소리가 방에 울렸다.

"이히히히히! 내 귀에는 닿았거든! 꼬치꼬치 일러바쳤지! 아예 『고자질하는 심장(Tell Tale Heart)』이랍시고!"

소녀의 오른손 부근에서 기괴한 목소리가 난 것이다.

후드가 둥실 떠올랐다. 고정구(hook)가 풀리는 딱딱한 소리와 함께 오른쪽 소매에서 새장 같은 『우리』에 봉인된——눈과 입이 각인된 기괴한 상자가 나타났다.

"……애드."

씁쓰레하게 오라비가 뇌까렸다.

일단 나도 알고 있는 입장이긴 하다. 단순히 인격부여된 마술예장이라는 것뿐이라면 트림마우도 마찬가지지만, 이 애드의 경우에는 퍽 세련된 것이었다. 물론 그레이와 애드의 비밀이 그다음에 있는 것도 알고는 있지만.

오라비는 살짝 한숨을 쉬고 나서 물었다.

"그레이. 정말로 괜찮겠나? 웬만한 상류 사회가 다 그렇겠지만, 특히 시계탑의 사교모임은 화려하기만 한 자리가 아니야."

"네, 넷."

회색의 소녀는 끄덕였다.

"……소제도, 시계탑을 더 알아둬야만 할 것 같아서요."

"……그렇군."

왠지 모르게 오라비는 평소보다 더 복잡하게 얼굴을 찌푸렸다. 이 소녀의 입에서 나온 말에 뭔가 감상이 있었을지도 모르겠다.

그 손을 옆에서 내가 홱 낚아챘다.

"……그럼 결정 난 거군. 감사하마, 그레이."

"네, 넷."

갑자기 손이 잡히는 바람에 후드 쓴 소녀가 얼굴을 붉힌 채 고개를 숙였다. 그런 다음에야 겨우 웅얼웅얼 말을 덧붙였다.

"저, 그런데, 황금희와 백은희라는 건?"

"뭐, 그 부분은 가는 길에라도 차차 설명하지."

여기서 실수로 놓치기라도 했다간 버틸 재간이 없으니 설명을 뒤로 미루었다.

사기꾼 수법이라고 말하듯 오라비가 쳐다보고 있지만, 그건 신경 쓰지 않겠다. 수단이 깨끗한지 신경 쓰는 건 살아남은 다음이나 가능하다.

손을 잡은 채 불현듯 기억이 나서 돌아보았다.

"아아, 맞아. 우리 오라비에게 한 가지 부탁해둘 것도 있었지."

"이미 한 가지가 아니잖나."

대놓고 염증을 내는 오라비에게 나는 화제를 꺼냈다.

"왜 있잖은가. 제5차 성배전쟁의 협회 출전권. 그거 아직 포기 안 한 거지?"

"……그럴 생각이다."

그레이가 움찔 반응했다.

성배전쟁이라는 말에, 뭔가 감상이 있었을지도 모른다.

"그게 말이야. 이번 일에 얽혀서 트란벨리오로부터 좀 들은 말이 있는데, 협회 쪽의 의향은 거의 결정이 났더군. 현재의 봉인지정 집행자 중에서는 최강 중 하나로 유명한 바제트 프라가 맥레미츠. 성배전쟁의 특성을 고려해도 그녀는 안성맞춤이고 온건한 인선이겠지. ——일단, 한 자리 더 있나 보지만 이게 참으로 낌새가 심상찮아. 발탁된 마술사가 돈 없어준 신참내기에게 양도할 것 같다던데."

"…………."

오라비는 몇 초 입을 다물었다가 그저 고개만 내저었다.

"협회 출전권만이 성배전쟁에 나갈 수단은 아니지. ……어쨌든 너와 엘멜로이의 손실을 메꿀 전망이 선 다음에 할 얘기다."

무겁게, 중얼거렸다.

시가 끝을 재떨이 위에 올리자 투둑 덩어리로 떨어졌다. 효수한 목과 약간 비슷했다.

손실을 메꾼다 함은, 요컨대 채무나 마술각인 얘기였다. 양쪽 다 몇 개월 만에 어떻게 될 만한 것은 아니었다.

"남은 기간은 일찌감치 절망적인데, 참으로 눈물겹군. 하긴 담보도 받아놨지만 말이야."

어깨를 으쓱이고 나는 중요한 부탁 쪽 얘기를 꺼냈다.

"——그렇다면 오라버니. 만에 하나 기간 내에 성취했을 때의 보험 말이다만."

"음?"

"죽기 전에, 나와 아이를 만들고 가지 않겠나? 뭐하면 트림 상대라도 좋고."

이번에야말로.

있는 힘껏, 로드 엘멜로이 2세는 풉 뿜어냈다.

아, 즐거워라. 이렇게까지 파괴력이 있다면 뭔가 먹고 마실 때 해야 했다. 옆에서 그레이까지 꽁꽁 얼어붙은 듯 굳어

있지만, 뭐 스승 덤터기를 쓰는 건 입실제자의 의무라고 포기해 줬으면 한다.

"내 마술회로를 핏줄에 들여놔서 어쩌겠다고?"

손등으로 입가를 문지른 오라비가 밉살맞다는 듯 말했다.

"아니, 들여놓을 생각은 없는데. 마술각인을 줄 마음도 없고. 하나 당신의 인망과 권위는 상당한 데다 마력을 쓰는 방법 자체에는 볼 만한 구석도 있지. 안타깝지만 엘멜로이의 결속이 탄탄하지도 않으니, 이 기회에 씨를 받아놓고 분가로 빼는 건 나쁜 발상이 아니잖아."

"……레, 레이디."

간신히 평상심을 되찾았는지 오라비가 갈라진 목소리로 나를 노려보았다.

"……그런 법정과 같은 생각은, 내가 안 좋아하는 방향이다만."

"이크, 기분 상하게 했나."

이건 상황이 안 좋다고 몸을 뒤로 돌렸다.

물론 그레이의 손을 잡은 채로.

나는 자그마한 소녀를 잡아끌고 윙크를 하나 던졌다.

"그럼 입실제자를 빌려 가지. 오라비의 배려에는 감사해 두겠어."

문이 닫힐 때, 우리 오라비가 내쉰 한숨이 어찌나 무겁던지 원.

3

이튿날 아침, 우리는 런던을 떠나는 전철에 타고 있었다.

승강장에서 만나자고 약속했었는데, 아직 전철에 익숙해지지 못했는지 개찰구 근처에서 갈팡질팡 못하는 그레이를 발견했다. 아무래도 표까지는 알아도 요즘 막 채용된 비접촉형 IC 카드의 개찰기를 발견하는 바람에 얼어붙은 모양이다.

그레이의 짐은 평소와 변함없었다.

내 쪽도 슈트케이스 하나만 굴리고 있을 따름이다. 트림마우도 도시 안에서 광고할 만한 게 아니기에 이쪽에다 수납해두었다. 덧붙여 수은제인 그녀의 질량으로 말미암아 중량 경감의 마술은 빠트릴 수 없는 형편이다.

"미안하다. 따라오게 해버려서."

"아, 아뇨."

조심스럽게 그레이는 묵례했다.

4인용 칸막이 석으로, 나와 그녀는 마주 보며 앉는 자리였다. 옆자리라면 몰라도 이렇게 마주 보는 상황에서 침묵하기는 어렵다. 그렇긴 해도 그녀가 런던에 온 뒤로 이렇게 단둘이 될 기회는 별로 없었기에 화제를 어떻게 꺼낼지 다소 망설였다.

'……응, 우선은 식사부터 하자.'

그런 이유로 준비해 놓은 목함을 슈트케이스에서 꺼냈다.

붉은 리본을 스륵스륵 풀고 뚜껑을 열자 향긋한 카카오 냄새가 콧구멍을 간질였다.

귀엽게 놓여있던 것은 갖가지 꽃 모양을 본뜬 초콜릿이었다. 표면에는 정성껏 설탕에 절인 실제 꽃잎도 장식되어서 일단 보는 맛이 있다.

수중의 초콜릿을 집어 들어 입에 쏙 넣었다.

혀 위에 녹아드는 단맛과 희미한 쓴맛. 방금 본 꽃잎의 단맛이 복합적으로 겹쳐서 절로 하나둘 손이 더 가고 말았다. 런던에서 단골인 쇼콜라티에의 작품으로 평소에는 초콜릿 드링크를 즐기지만, 이러한 모듬 세트도 얕볼 수 없었다.

"으으음. 이번 달은 비터 모음이군. 제길. 내게 칼로리로 도전할 셈인가."

물론 마술에는 살 빼는 약도 다수 있지만, 함부로 실험대가 될 생각은 없다.

잠시 생각하다가 눈앞의 소녀에게 내밀었다.

"하나 어떻겠나?"

"……고, 고맙습니다."

감사를 표하기에 대충 하나 건넸다.

별로 과자를 먹는 습관은 없는지 장미 모양으로 설탕에 절인 꽃잎이 곁든 초콜릿을 잠시 손바닥에 놓은 채로 당혹해 하고 있었지만, 큰마음 먹고 입에 던져 넣더니 눈을 동그랗게 뜬 채로 몇 초쯤 경직되었다.

"……맛있어요."

"후후후. 마음에 들었으면 다른 것도 먹지그래?"

작은 동물 같은 반응에 가학심도 만족되어 슈트케이스에 재차 손을 넣었다.

"짠."

이번에는 병을 꺼냈다.

"……술, 인가요?"

"후후후, 여기 초콜릿 세트는 샴페인이 한 세트인 게 장점이라서 말이야. 하긴 이번에는 알코올 성분도 증류시킨 논알코올 와인이다만, 살짝만 어때?"

덧붙여 우리 영국에선 부모의 허가가 있으면 자택에 한해서 다섯 살부터 음주가 OK다. 그러므로 논알코올이라고 해도 새삼스러운 느낌이 넘치지만, 이것도 때와 장소를 가린 것이다.

휴대용 유리잔도 두 잔 꺼내서 그레이와 내 몫을 따르고 건넸다.

초콜릿을 한 입.

혀 위에 농후한 단맛이 남아있는 사이에 와인도 한 모금.

사르르 퍼지는 단맛이 청량한 포도의 풍미와 혼연일체가 되어 목덜미까지 퍼져 나가는 것을 만끽한다.

"아아, 사양하지 말고 좀 더 집어먹어도 된다."

논알코올 와인을 홀짝홀짝 마시는 그레이에게 아직 절반 이상 남아있는 초콜릿 상자를 내밀었다.

"앗, 아뇨……. 이거면 충분해요."

"이런, 소식하는군."

"……스승님도 그렇게 말해요."

어쩐지 미안한 듯 소녀가 어깨를 움츠렸다.

다만 맛있다는 말은 거짓이 아닌지 한동안 좋아하는 내색으로 유리잔을 두 손으로 받쳐 들고 있었다.

"그런데…… 저기."

"응?"

그레이는 조심스럽게 시선을 낮추며 말을 붙였다.

"왜, 눈 색깔이 다른 거죠?"

그레이의 지적은 평소의 내 눈동자가 타오르는 듯한 불꽃색임을 시사하고 있었다.

지금은 선명한 청색일 거다.

손으로 눈꺼풀 언저리를 살짝 만지고 미소 지었다.

"아아, 이쪽이 원래 색깔이라면 원래 색깔이야. ――이크, 슬슬 넣어둬야겠군."

품속에서 꺼낸 안약을 넣었다.

잠시 눈을 감고서 약이 침투하기를 기다린 다음 눈을 떴다.

"내 눈은 일종의 마안(魔眼)이라서. 부작용으로 마력에 접촉하면 붉게 물들어."

이것도 마술사 집안에 태어나서 붙은 덤이긴 했다.

물론 원래 아치볼트의 분가에 불과하니 어정쩡한 수준인 건 별수 없다. 솔직히 거추장스러울 때가 많지만, 이래 봬도 시계탑에선 사회적 지위의 증거다.

"시계탑은 순 마력투성이라서 신경 안 쓰지만, 아무래도 붉은색 눈동자는 공공기관에 안 맞잖아? 마술사의 본분을 생각하면 다소 과하게 눈에 띄지."

쿡쿡 웃었다. 요컨대 복장을 가려 입는다는 뜻이다. 장례식이라면 되도록 검정색으로 맞추고 간다는 거랑 다를 바 없다. 마술사일수록 때와 장소는 더욱 중요하게 따져야 하는 법이다.

풍경이 지나간다.

런던 밖에 나오면 그 즉시 전원 및 삼림이 늘어난다. 전철의 진동과 함께 긴장이 녹아드는 것처럼 느껴지기도 했다. 어차피 그쪽에 도착하면 싫어도 긴장해야 할 상황에 부닥친다. 지금만이라도 마음을 쉬어두는 게 좋겠지.

잠시 있다가 크게 마음먹은 듯이 그레이가 고개를 들었다.

"……이번 일에 관해, 여쭤도 될까요?"

"황금희, 백은희 말이군."

"네."

소녀는 끄덕였다.

"그래, 뭐부터 이야기해야 할까."

나는 자리에 깊숙이 앉고, 잠시 생각한 뒤에 말했다.

"뭐, 창조과(벨류에)의 로드 밸류엘레타에 엮인 일문인데 말이야. 원래 창조과에선 마술사 대부분이 모종의 형태로 예술가거든. 어떤 예술을 지향하는지는 천차만별이지만, 이젤마라는 가문은 대대로 『가장 아름다운 인간』을 만들어내는 것에 집착하고 있지."

수중의 초콜릿을 하나 더 입에 넣었다.

이번에는 백합 모양의 초콜릿이었다. 쓴맛은 적고 고상한 단맛이 혀 위에 부드럽게 풀린다.

"가장 아름다운 인간……이요?"

"우리는 왜 미(美)를 인식하는가."

오라비와 대화했던 말을 술술 입에 담았다.

"아무튼 인식은 마술에 영향을 준다는 말은 흔히 나오는 거라서. 신세대의 황금희와 백은희가 완성됐다고 판단한 순간, 피로연을 벌이는 게 통례가 됐어. 내가 보는 건 이게 처음이다만."

"그것이…… 황금희, 백은희."

자신의 뇌세포에 새기듯이 소녀는 몇 번쯤 중얼거렸다.

그다음, 이렇게 말을 꺼냈다.

"무슨 일이…… 일어날 것 같다고 짐작이 있는 거죠?"

"왜 그렇지?"

뜻밖의 질문에 되묻자 그레이는 한 박자 띄우고 나서 대답했다.

"……박리성 아드라 때도…… 라이네스 씨는 모종의 사건이 일어나는 것까지는 예측했던 것처럼 느껴졌어요. ……이번도…… 소제를 부르려고 한 건 그러한 이유가 아닐까요?"

"이건 두 손 들었는데. 감이 좋은걸."

나는 이마를 찰싹 때렸다.

이 소녀를 만만하게 봤다고 생각하진 않지만, 어느 틈에 인간의 눈치도 알아챌 수 있게 변한 모양이다. 아니 관심을 가지기 시작했다고 해야 할까. 오라비 얼굴을 찌푸리게 한 '시계탑을 더 알아둬야 할 것 같다' 는 한마디도, 그런 변화에서 생겨난 것이겠지.

"관위(그랜드) 중 한 명이, 피로연에 온다는 소문이 돌고 있지."

감춰둘 사실도 아니었기에 순순히 털어놓았다.

"그랜드……. 마술사의 최고위 말인가요?"

"바로 그거야."

나는 끄덕였다.

그랜드
관위(冠位).

브랜드
색위(色位).

프라이드
전위(典位).

페스
제위(祭位).

코즈
개위(開位).

카운트
장자(長子).

프레임
말자(末子).

이상이 시계탑의 주요 계위다.

보는 대로 최고위가 그랜드이며 프레임이 최하위라는 게 된다.

"다만 사실상 최고위는 브랜드거든. 태반의 로드조차 거기서 그치지. 내 의붓오빠였던 케이네스 엘멜로이 아치볼트마저도 끝내 그다음 지점에는 다다르지 못했어. ……하긴 오래 살기만 했더라면 혹시 가망이 없지는 않았을지도 모르겠지만."

"……스승님의, 선대 말인가요."

그레이가 그 이름에 움찔 반응했다.

뭔가 생각하는 바가 있을지도 모르겠다.

혹은 오라비가 뭔가 고민하는 모습을 보고 있다거나.

그 인간이 로드 엘멜로이 2세라고 이름을 대는 이유는, 물론 선대의 죽음에 모종의 부채감이나 죄책감 같은 걸 느끼고 있기 때문이겠지만, 나로서는 흡족할 뿐이다. 그러나 그걸로 입실제자까지 번민을 느끼고 있다면 더 배려할 여지가 있지는 않을까, 그런 생각이 없지만도 않다.

……아니, 그것도 흡족하긴 한데 말이지?

어쨌든 원래 하던 설명을 속행했다.

"뭐, 그런 이유로 그랜드라는 건 시계탑에서도 좀처럼 뵙지 못할 상대인 거야. 그렇게 아득한 곳에 다다를 만한 작자들은 마술사끼리라도 거의 연루되려 하지 않거든."

"……이해했어요."

그레이도 수긍한 듯했다.

"……그러고 보니, 스승님이 속한 페스는 어떻죠?"

"그쪽은 또 특수해서 말이지."

저절로 쓴웃음 짓고 말았다.

그냥 세자면 제4계위가 된다지만, 이 칭호에는 특수한 조건이 부여되었다. 요컨대 일반적인 마술사의 능력과는 별도로 평가할 수밖에 없는 특수한 기능 및 실적에 주어지는 명예계급인 것이다. 카발라의 생명의 나무(세피로트)로 치면 미(美)를 나타내는 티페레트(Tiferet)—— 아름다우면 그만이라고 할까.

"아름다우면, 그만."

그레이가 되풀이했다.

이번 황금희의 화제와도 비슷한 건 단순한 우연이라고만 할 수도 없다. 즉, 미를 희구하는 성질은 마술사에게 있어 어느 정도 일반화할 수 있는 사항이다. 오라비처럼 말하자면 '인간의 인식을 측정하는 것은 마술사의 기본 성능 중 하나다.' 라고나 해야 할까.

"아무튼 성질이 그런 까닭에 페스에는 다른 것과는 다른 의미가 들러붙기 일쑤거든."

마술사의 능력은 하늘부터 땅까지. 경우에 따라서는 브랜드를 넘어서는 마술사를 이 계위에 눌러 앉힌 예마저 있다.

예를 들면, 전승보균자(가즈 홀더)로서 신대(神代)부터 전해지는 예장을 휘두르는 집행자.

예를 들면, 손상된 마술각인을 지극히 손쉽게 재생할 수 있는 복원사.

그저 마술사의 경지에만 머무르지 않는, 절대적인 이능에 대한 외경.

혹은.

"……물론, 오라버니의 사례는 학생의 능력이 평가받아서 그렇다는 뜻이 되겠군."

무심코 떠오른 심술궂은 웃음을 자각하면서 나는 말을 이었다.

"강사 입장이니 학생이 평가받는 건 멋진 일이지. 하나 그 점을 평가해서 간신히 페스라는 건, 명색이 로드로서는 전대미문이라고 해도 좋지 않을까."

'평가받지 않으면 코즈나 카운트여도 이상하지 않은 판국이니까.' 라고 마무리 일격까지 가했다. 참고로 내 개인적인 평가로 우리 오라비의 마술사로서 능력은 코즈 중에서 꽤 아래쪽이다. 그래도 갓 입문한 뉴에이지보다야 훨씬 낫지만, 개인적인 기량에서 볼 만한 구석은 없다. 평범 오브 평범이었다.

더 엄밀히 말하자면 가문에 붙는 계위와 개인에게 붙는 계위는 별개이기도 해서 이 낙차가 크면 또 비극으로 이어지기도 하는데, 번거로우니 생략해두겠다.

"……죄, 죄송해요. 좀 혼란스러워졌어요."

정보를 한 번에 지나치게 받아들인 탓인지 그레이의 표정은 왠지 모르게 애매해졌다.

당장에라도 열이 날 듯이 눈이 팽글팽글 돌며 "우웅— 우웅—." 하고 관자놀이를 누르고 있었다. 본인 생각처럼 머리가 나쁜 건 아니지만 대량의 정보를 순서대로 정리하는 행위에 익숙하지 못한 것이다. 뭐든 다 한꺼번에 떠안고 마는 타입이다. 벼락치기에는 안 맞겠지.

그런 면도 무심코 놀려먹고 싶어지긴 하지만.

"뭐, 뒷일은 막상 부딪치면 어떻게든 될 테지."

그런 말과 함께 입술 끝을 들어 올렸다.

제2장

1

런던에서 웨스트 코스트 본선에 타고 대략 세 시간 반. 도중의 옥센홀름 역에서 환승하고 한동안 지나자 윈더미어에 도착한다.

호수 지방.

잉글랜드 유수의 리조트지로 유명한, 풍광이 근사한 지역이었다. 피터 래빗의 고향이라고 하면 알아들을 사람도 있을까. 작가인 비어트릭스 포터가 사랑한 산과 호수에 둘러싸인 경치와 그 목초지에 사는 토끼들을 발췌한 그림책은 지금도 전 세계에서 읽고 있다.

역에서 내리자 바로 코앞에 한 대의 마차가 기다리고 있었다. 우리 모습을 확인하자 마부 같은 인물이 모자를 들고 묵례했다.

"기다리고 있었습니다. 라이네스 엘멜로이 아치조르테 님이시지요?"

마부가 물었다.

"바이런에서 나왔습니다. 여기 타주십시오."

"그럼 사양 않고."

그레이가 두리번거리며 내 쪽을 바라보고 있었지만 나는 의젓하게 끄덕였다. 여기서 사양해봤자 아무런 의미도 없다. 슈트케이스를 거머쥐고 얼른 올라타고는 뒤에 있는 그레이에게도 따라 들어오라고 촉구했다.

채찍질 한 번에 울음소리와 함께 말이 걷기 시작했다.

평지는 물론 제법 험준한 산길임에도 마차는 우아하게 나아갔다.

동물이 끌고 있는데도 상하운동을 거의 못 느끼는 건 모종의 마술 작용일 것이다. 내가 슈트케이스에 건 것과 같은 중량 조작의 마술이거나, 아니면 차체에 대수롭잖은 부유 마술을 걸고 있을지도 모른다.

이윽고.

"……아무래도, 보이기 시작했는걸."

나는 턱짓으로 창문 쪽을 가리켰다.

두 개의 탑이 호반에 서 있었다.

현대의 기준으로 말하자면 썩 거대한 건물은 아니다. 기껏해야 4층짜리 건물 정도일 것이다. 단지 기이하게 기울어서 우뚝 선 형상이, 양쪽 탑 모두 흡사했다.

"두 개의 탑을 가리켜 쌍모탑(雙貌塔)이라고 부르나 보더군. 아니면 이 지역을 관리하는 집안의 이름을 더해서 쌍모탑 이젤마라고도 하고."

"쌍모탑 이젤마……."

앵무새처럼 그레이가 중얼거렸다.

"동쪽을 해의 탑, 서쪽을 달의 탑이라고 합니다."

듣고 있었는지는 모르겠으나 마부의 목소리가 마차 안쪽에 와 닿았다.

해의 탑.

달의 탑.

다시 말해 태양과 달이라는 뜻이리라. 개인적으론 먹잇감을 기다리는 개미지옥 같은 이미지 쪽이 강했지만.

공방은 당연한 노릇이고, 마술사의 영지는 거의 그 가문에 최적화된다. 요컨대 요새나 마찬가지로, 모래 한 줌과 공기 한 모금마저도 우리의 적으로 돌아설지도 모르는 것이다. 심상찮은 긴장감에 내 입술은 무심코 웃음기를 띠고 말았다.

이번엔 달의 탑 바로 옆에서 마차가 정지했다.

"이쪽입니다. ——그럼, 즐거운 시간 되십시오."

마부가 인사했다.

우리가 내리고 잠시 지나자, 그 마부와 마차가 주르륵 녹았다.

마치 동화처럼, 뒤에 남아있는 건 작은 장난감 병사와 마차가 하나씩이었다.

"과연 창조과의 정통 분가군. 이런 쪽 수작은 장기란 말이지."

무심결에 내가 신음성을 지르고 있는데.

"——칭찬해주셔서 영광이로군요."

낮은 바리톤 보이스가 겹쳤다.

"어서 오십시오. 엘멜로이의 아가씨."

탑 입구에서 예의 바르게 몸을 굽힌 사람은 콧수염을 기른 마흔 중턱의 신사였다. 고동색 머리카락에 붉은색 슈트를 입었으며, 다리가 불편한지 한 손에 지팡이를 짚고 있었다.

"바이런 밸류엘레타 이젤마라고 합니다. 먼 길을 찾아와주셔서 감사드립니다."

"이젤마의 당주십니까? 인사가 늦었습니다."

가능한 한 정중하게 묵례했다.

나도 열두 로드에 적을 올린 당주 후보라고는 해도 지금은 우리 오라비에게 그 자리를 양도했다. 애당초 아치조르테가 말단에 말단임을 감안해, 집안의 격만으로 치자면 6대 4로 상대가 윗줄에 오를 것이다.

바이런 경은 미소와 함께 끄덕이고 한 손으로 탑 입구를 가리켰다.

"들어오십시오. 잔치가 벌써 시작된지라."

2

홀의 천장은 높고, 엄숙한 빛으로 가득했다.

복사뼈까지 가라앉을 것만 같은 융단이 깔려있으며 서늘한 공기가 기분 좋다. 웃고 떠드는 사람들의 그림자는 어쩐지 환상 속 풍경이 연상된다. 실제로 모여 있는 이들 대부분이 마술사이니 이것이 정녕 꿈의 세계였다.

꿈이여, 춤추어라.

그대가 밤의 말을 자아내는 자라면.

"트림. 자기판단을 허가한다."

"예스, 마스터."

짧게 속삭이자 무기질적인 목소리가 응답했다.

미리 슈트케이스에서 꺼내둔 수은은 이미 내 뒤에서 메이드 형상을 취하고 있었지만, 노파심에 자율행동이 가능하게

끔 명령(command)을 내려두었다.

그러자 홀을 쳐다본 나의 마술예장은, 새침한 얼굴로 주워섬기는 것이었다.

I didn't know they stacked shit that high
"……더럽게도 높이 쌓은 똥자루군!"

묘하게 가슴을 편 모습으로 말하기에 무심코 때릴 뻔했다. 응, 틀림없이 플랫이 가르친 무슨 B급 영화 같은 거겠지. 다른 사람이 못 들은 건 다행이지만, 나중에 플랫 족친다.

뜬금없는 발언에 옆의 그레이가 당황하고 있었지만, 후드를 푹 내리고 주의 깊게 주위를 관찰하기 시작했다. 이쪽은 이쪽대로 걱정하고 있었는데, 뭐 트림마우 같은 황당 발언이 나올 것 같지 않은 만큼 조금은 안심이다.

화려한 음악이 들렸다.

머나먼 저편, 아득한 바다가 연상되는 음률이었다.

불어대는 트럼펫 소리는 드높고, 섬세한 멜로디라인을 자아내는 피아노에, 바닥의 흐름을 지탱하는 웅장한 콘트라베이스. 우아한 음악은 탭 댄스라도 추고 싶어지는 경쾌함을 겸비하고 있었다.

"바이런 경의 취미는 재즈인가. 철석같이 클래식일 줄 알았는데."

그것도 1930년대. 인 더 무드(In the Mood).

카네기 홀에서 열린 연주도 전설적인 곡이지만, 오라비가 때때로 연립주택 쪽에서 오래된 레코드를 듣는 습관이 없었으면 나도 알지는 못했을 것이다. 아날로그도 보통 아날로그가 아닌 검은 원반에 천천히 바늘을 내리는 오라비의 모습은 나도 자못 마음에 들었다.

다만 이번 경우에 주목해야 할 부분은 그 악단이었다.

'……꼭두각시 악단인가.'

트럼펫도 피아노도 콘트라베이스도, 홀 가장 안쪽 부근에서 인간의 절반 수준인 신장밖에 없는 꼭두각시 인형들이 연주하고 있었다. 이러한 창조과의 측면은 현대 과학과 비슷하지만, 결정적으로 다른 점은 그들이 마이크로칩이나 전원 대신 달빛을 쬔 명주실이나 환상종의 뼈를 조립한 톱니바퀴로 움직이고 있다는 사실이었다. 인체모조의 개념이 완전히 쇠퇴한 현재, 이만한 정밀도로 인형을 창조할 수 있는 마술사는 극히 소수일 것이다.

그들이 음악을 재생하기만 하는 기계가 아니라 연주에 특화한 새로운 『생물』이라는 증거로, 꼭두각시 인형들은 땀을 흘리며 자랑스럽게 곡을 연주하고 있다.

"…………."

불현듯 그 모습이 우리와 겹쳤다.

아니.

실제로 이 자동인형들하고 우리가 대관절 무엇이 다를까.

우리 또한 몇백 년씩 들여 우리 자신을 개조해서 신비에 특화한 생물이니까. 속세를 떠나 초인으로서 지혜를 얻었다는 마음가짐으로 있어도, 역시 누군가가 만들어낸 무대에서 일일이 고정된 톱니바퀴를 돌리고 있다는 점은 다를 바 없는 게 아니겠는가.

'……못 쓰겠군. 그 오라비와 같이 있으면 괜한 생각이 옮아.'

살짝 머리를 내젓고 멍하니 주위에 시선을 던졌다.

넓은 홀에 많은 사람이 모여 있었다.

대략 수십 명 정도로, 이 사람들 전원이 마술사였다. 누구는 붉은색 와인을 손에 들고, 누구는 화려한 음악을 즐기며 부드럽게 담소를 나누고 있다.

……적어도, 언뜻 보기에는.

"……라이네스 씨."

내 소매를 누가 잡았다.

"무슨 일이지? 그레이."

"아니, 어쩌실 건가요. 파티장에 아시는 분이라도 있어요?"

"그럴 리가."

소곤소곤 속삭이는 소녀의 말에 나는 담담하게 웃었다.

"우선은 관전해야지."

그리고 기척을 죽이면서 파티 홀을 천천히 돌아다녔다.

은근슬쩍 흘러드는 대화나 단어를 검색하면서, 인물의 지위 및 입장도 고려한 관계도를 머리에 맞춰 나갔다.

"……저쪽이 트란벨리오, 트란벨리오, 트란벨리오, 멜루아스테아, 트란벨리오, 멜루아스테아, 트란벨리오……. 우와아, 역시 트란벨리오 파의 사교모임. 바르토멜로이 파 계열은 거의 제로인데. 사면초가에도 정도가 있지."

중국의 고사를 떠올리면서 나는 탄식했다.

마술사의 사교모임 성질상 우선 파벌의 비율 구성을 확인하는 게 선결사항이다.

처음 들른 지역의 회합인 만큼 대개는 모르는 얼굴이지만, 어쨌든 사교모임에는 어린 시절부터 이골이 났다. 몸가짐이나 행동거지를 보고 있으면 대략적인 파벌은 구별할 자신이 있었다. 아아, 참고로 이 부분에서도 오라비는 실격이다. 뉴에이지에서 벼락출세한 작자의 설움으로, 마술사의 입장에 관한 눈치는 대단히 둔한 것이었다.

"……흐음. 통계를 내면 트란벨리오 6, 바르토멜로이 1, 멜루아스테아 3 정도의 비율인가."

"파벌의, 이름인가요?"

"뭐 그렇지. 민주주의의 대표 트란벨리오에, 귀족주의의 대표 바르토멜로이. 아무래도 좋으니 연구나 하게 해달라는 멜루아스테아쯤 된다."

그레이의 질문에 나는 되도록 평이하게 대답했다.

——이번처럼, 시계탑의 파벌은 대략 셋으로 나뉜다.

바르토멜로이를 필두로 엘멜로이도 속해있는 귀족주의 파벌.

트란벨리오를 중심으로 밸류엘레타도 포함하는 민주주의 파벌.

멜루아스테아가 대표인 중립 파벌.

대충 정리하자면, 시계탑을 운영하는 건 보다 뛰어난 귀족 혈통에 맡겨야 하느냐, 혈통은 별로라도 재능 있는 젊은이부터 더 많이 모집해야 하느냐는 문제다.

물론 결국은 마술사가 하는 일이니 귀족이니 민주니 해도 큰 차이가 있는 건 아니다. 마술사라는 체로 걸러낸 이들 중에서 다시 한번 체로 거르는 것을 용납하느냐 마느냐다.

"……왠지 모르게, 이해했어요. 엘멜로이는 귀족주의파군요."

"일단은. 그래도 뭐, 여기도 몇 년 사이에 까다로워지기 시작했단 말이지."

엘멜로이가 귀족주의인 건 내 의붓오라비—— 즉, 선대의 로드 엘멜로이가 작고하기 전에는 시계탑에서도 손꼽히는 대귀족이었다는 사실에 기인한다. 하지만 대단히 안타깝게도 지금의 엘멜로이에는 그만한 권위든 재력이든 남아있지 않다.

오히려 뉴에이지를 이끌며 엘멜로이 교실을 열고 있는 현재, 실질적으로는 트란벨리오 파의 민주주의에 가깝기도 하다. 더구나 엘멜로이 파벌은 몰라도 우리 오라비 자체의 행동은 보수에도 혁신에도 빌붙지 않는 것이라서, 귀족주의 수괴인 바르토멜로이 쪽에서 보면 '너 우리 파벌에서 밥 얻어먹고 살잖아? 뭔 생각이야?' 라는 상황이다.

아, 물론, 깜빡 실수로 진짜 넘어갔다간 머스트 다이(Must die)다.

열두 군주뿐만 아니라 삼대 귀족 중에서도 가장 크다고 대우받는 바르토멜로이는 허울만이 아니다. 은연중은커녕 공연히 엘멜로이를 깔아뭉갤 테지.

"여하튼 법정과를 꽉 잡은 바르토멜로이 상대로는 마술은 물론 권력적으로도 일절 승산이 없으니 말이지."

"어? 바르토멜로이는 법정과인가요?"

그레이가 고개를 갸우뚱 기울였다.

"음. 뭔가 이상하나 보지?"

"아뇨……. 열두 명의 로드라고 들어서 철석같이 주요 열두 학과를 하나씩 확보한 줄로만……. 법정과는 열두 개의 학과에 안 속한다고 들어서요……."

오호라, 그렇게 이해하고 있었던가.

아니 의당 그럴 만하다고는 생각한다. 시계탑에 다니면서 깨달을 내용이긴 하지만, 아마도 교류가 적어서 그런 것이겠지.

"그 부분은 약간 사정이 있어서 말이야. 현대마술과는 확실히 주요 학과지만, 로드가 취임한 건 극히 최근 일이라……."

설명하려던 중에 내 시선이 옆으로 쏠렸다.

험악한 말소리가 귀에 닿은 것이다.

"호오. 자네들은 그렇게 묽은 혈통을 가지고 마술의 긍지 높은 역사에 뭔가를 남길 수 있다는 망상을 품고 있는가."

"당신들은 이렇게까지 마술이 쇠퇴한 지금도, 자기들만 가지고 마술을 유지할 수 있다고 생각하시오? 언제가 되어야지 그게 되찾을 수 없는 꿈임을 깨달을는지."

"……봐라, 바로 터졌지."

새침한 표정으로 나는 중얼거렸다.

노회한 마술사라면 좀 더 공공연하지 않은 방식으로 다투겠지만, 젊은이는 가만있지 못하기 마련이다. 각자 술기운을 띠고 있으면 더더욱 그렇고. 오늘 사교모임에 모인 추세를 보면 연령층은 다소 젊은 쪽으로 몰려 있었다.

"지금의 시계탑이 뉴에이지 없이 버틸 줄이라도 아시오?"

"하하하. 애초에 시계탑은 귀족(로드)을 위해서 만들어진 것이야. 그 덕을 보고 있다고 뭔가 성취한 기분이 드나 보군?"

두 사람을 중심으로 각 파벌이 슬그머니 긴장감을 부추겼다.

엘멜로이 교실의 바보들처럼 곧장 마술 대결을 벌이진 않지만, 험악한 분위기는 곧장 파티장에 퍼져나가고――.

"으타타타, 재, 재성함미다!"

그 틈을 비집고 들어오듯 '탁, 탁, 탁' 하고 발을 헛디디며 사람이 가로질렀다.

양쪽 파벌 모두 예상하지 못한 간섭에 마술사들이 눈을 깜빡이고 있을 때, 거나하게 취한 듯한 젊은이는 팔을 크게 퍼덕거리며 회전했다.

와인 잔이 포물선을 그리며 허공을 날았다.

"아."

내 목소리에 그레이가 자그맣게 중얼거렸다.

젊은이가 대(大) 자로 콰당 쓰러진 것이다.

'우웁' 하고 술 냄새 나는 숨결이 터지고 살짝 견디지 못할 수준의 체취가 주위를 능욕했다. 잔치가 시작되고 얼마 지나지도 않았을 텐데 도대체 얼마나 마셔 재꼈는지.

"조이, 죄, 죄성합니다. 이 사과는――."

혀가 안 돌아가는 어조와 함께 애벌레처럼 기어 다니다가 '우웁' 하고 또 입가를 막았다.

기가 찬 상황에 주위도 싸해진 모양이다. 마술사들이 서로 상대를 일별하면서 깊은 한숨을 내쉬고 흩어졌다. 마치 세계 최악의 오물로부터 멀어지는 듯한 꼴에 남겨진 젊은이만 홀로 속이 안 좋은 듯 복부를 잡고 있었다.

"……호오."

나는 자그맣게 감탄 어린 숨결을 내쉬었다.

"저."

뒤에서, 목소리가 들렸다.

방금 공중으로 날아간 와인 잔을 그레이가 받아낸 것이다.

한 방울도 남김없이——가 맞는지 아닌지는 모르지만, 내용물도 고스란히 남아있다. 설령 애드가 없더라도 이 소녀의 반사신경 또한 여간내기가 아니었다.

"마침 잘됐군."

그 유리잔을 양도받아서 휘청휘청 일어난 젊은이에게로 내밀었다.

"받게."

"고, 고맙습니다."

해쓱한 안색과 떨리는 손가락으로 젊은이가 유리잔을 떨어뜨리지 않도록 꼭 잡았다.

찬물을 뒤집어쓴 마술사들은 이미 뿔뿔이 흩어졌다. 나는 유리잔을 건네면서 그의 귓가에다 슬쩍 속삭였다.

"아니야, 아니야. ——다툼을 말리는 데 제법 효과적인 수단이던데.”

그렇게 말하자 젊은이는 ‘아으’ 하고 신음을 질렀다.

“……티가 났던가요?”

“아니 문제없을걸. 대부분 마술사는 자존심이 세니까. 꼴사나운 자기 자신을 드러낸다는 발상은 안 해. 확실히 연기력은 형편없었지만 그렇더라도 문제가 없는 무대도 있지.”

무심코 입술에 웃음기를 띠고 말았다.

마술사답지 않은 방법론이 어디 사는 누군가와 닮은 탓일지도 모르겠다.

“그리고 취해있는 건 사실 아닌가? 어떻게 한 거지?”

“……이거, 한순간에 술에 취할 수 있는 약이거든요.”

젊은이가 슈트 품속에서 작은 환약을 꺼냈다.

“그리고 이쪽은 술 깨는 약.”

빙글 뒤집은 검지와 중지 사이에는 다른 환약이 끼어 있었다.

받은 와인과 함께 그 환약을 삼키니, 대략 10초도 되지 않아 온 털구멍에서 발산하던 술 냄새가 그쳤다.

“……대단하군그래.”

에누리 없이 칭찬하자 젊은이는 수줍어하며 뺨을 긁었다.

“일단, 약사거든요.”

“호오. 그럼 식물과(유미나)의?”

“아뇨.”

콜록……하고 기침을 소매로 가리고서 창백한 얼굴의 젊은이는 빙긋 웃었다.

“전승과(블리시산)입니다. 마이오 블리시산 크라이넬스라고 합니다.”

“호오. 블리시산의.”

명문이었다.

바르토멜로이 같은 권력은 없지만 역사와 연구 실적으로 치면 그보다 못할 것 없는 가문이며, 전형적인 중립파였다. 전승이라는 값은 해서 다양한 마술 성질로는 딴 곳보다 출중하여, 시계탑에서도 가장 희귀한 문헌을 남기고 있는 건 이 학과일 거라고 주목을 받고 있다.

미들네임에 블리시산이 들어갔다는 말은, 문중의 일원 내지는 비호 아래에 있다는 뜻이다. 아마 분가겠지만 블리시산의 인물이 와 있다는 사실만으로도 이 쌍모탑에서 개최하는 피로연의 주목도가 엿보인다.

‘……아니면, 이쪽도 그랜드가 목적인가?’

그렇게 생각한 순간이었다.

젊은이가 내 등 뒤를 물끄러미 바라보고 있었다.

“그, 마술예장――. 혹시 엘멜로이의?”

가리키는 것이 트림마우라고 깨달아 나도 뜻밖이란 기분에 젖었다.

“이런, 알고 계신가.”

“네, 넷!”

마이오라고 이름 밝힌 젊은이가 힘차게 끄덕였다.

“그 고명한 로드 엘멜로이가 완성한 볼루멘 하이드라지럼(Volumen Hydragyrum)! 『유체조작』의 기능미!

아아, 설마 이런 곳에서 만날 줄이야! 죄, 죄송합니다! 조금만 만져봐도 괜찮을까요!“

“……아니, 그건 상관없는데.”

말하자마자 마이오는 빠르게도 수은 메이드의 몸에 손가락을 놀리며 ‘와아아아아아아’ 하고 장난감 코너를 앞에 둔 어린애 같은 소리를 지르기 시작했다.

“아아…… 굉장해. 쇠퇴한 인체모조의 개념이 아니고 어디까지나 『유체조작』과 『인격부여』의 결과, 가장 합당한 형태를 취하게 하고 있을 뿐이구나. 그릇이 내용물에 따르는 것은 역설적이지만 마술로서 바른길이야. 마력 자체도 최저한으로 유지할 수 있게끔 전체를 순환하는 구조가 되었어. 이거, 당신이 한 일인가요?”

“……어, 어어. 오라버니의 조언은 들었지만.”

“오라버니! 그럼, 당신은——.”

말하려던 순간에, 난데없이 새로운 목소리가 날아왔다.

“마이오.”

자상한 목소리였다.

“——연구를 열심히 하는 건 좋지만, 다른 가문의 마술에

장을 만질 때는 좀 더 조심하는 편이 낫단다. 살해당해도 군말 못하거든?"

그 말에, 마이오가 뒤돌아보았다.

안경을 쓴 여성이었다.

부드러운 분위기로, 아무래도 동양인 같았다. 근거 없이 일본인일까 짐작했다. 그 극동 지역에는 다른 조직과 마술이 뿌리를 내리고 있지만, 같은 섬나라라는 이유도 있어선지 묘하게 시계탑에서도 모습을 볼 일이 많았다.

"아니, 죄송합니다. 미스 아오자키."

"별말을. 아까 중재는 제법 수완 좋더라."

그다음, 내 쪽을 돌아보았다.

"만나서 반가워요. 아오자키 토코라고 해요."

여자의 머리카락은 빛바랜 붉은색이었다.

이야말로 동양인에게는 드문 색깔이었지만 염색한 것은 아닐 거라고 짐작했다. 내 눈과는 다르지만, 이 여자의 본질과 맞닿아있는 듯한 색깔이었기 때문이다.

단지 그 말은 결코 입에 담아서는 안 될 것 같은 느낌도 들었다.

아니.

그 이전에, 나는 여자의 이름에 전율하고 있었으니까.

"……아오자키…… 토코……?!"

목소리는 꼴사납게 갈라졌다.

아마 내 표정도 기록에는 남기고 싶지 않을 몰골이었음이 틀림없다.

"당신은, 봉인지정된……."

"봉인지정?"

갸웃한 그레이를 아랑곳하지 않고 나는 허수아비처럼 우두커니 서 있었다.

그것은 특별한 재능을 가진 마술사에게 내려지는 칭호이며, 협회에서 하달되는 칙령이었다.

단순한 학문이나 연구로는 수득할 수 없는 마술. 그 피, 그 체질만이 가능한 1대 한정의 마술 보유자를 아까워하여 협회가 직접 영원히 보존해 버리자는 영장. 그 때문에 봉인지정이란 마술사에게 가장 큰 영예이자 치명적인 낙인이기도 했다.

여하튼 보존되고 말아서야 연구를 계속할 수 없다. 봉인지정될 정도의 마술사라면 거의 자기 생명 따위 아끼지는 않지만, 반대로 연구를 내버리는 일도 있을 수 없다. 그렇기에 봉인지정된 마술사 대다수는 재야로 물러나 조용히 몸을 숨기거나, 자기 영지에 틀어박혔다.

이 아오자키 토코의 경우는——

"봉인지정이라면, 몇 년 전에 풀렸으니까요."

부드럽게 미소 지으며 여자가 속삭였다.

그 말은 정확하게 내가 절규할 수도 있을 타이밍에 나와서, 인식에서 충격, 행동에 옮길 시간까지를 내다보고 있었다는 생각밖에 들지 않았다. 만약 그녀가 암살자였더라면 내 목도 쉽게 땄을 것이다.

크게, 숨을 들이켰다.

남 앞에서 할 게 못 되는 심호흡을 통해 겨우 제정신을 되찾았다.

"……그렇군. 당신이 그중 한 명이었나."

그런 말을 입에 담았다.

본래 한 번 하달된 봉인지정은 절대적이다.

하지만 몇 년 전, 봉인지정을 발령하는 시계탑에서 가장 오래된 교실에 커다란 이변이 있었다.

비의재시국(秘儀裁示局) 천문대 카리온. 세기말에 걸맞은 대사변은 시계탑 전체에도 어마어마한——그야말로 나의 의붓오라비였던 로드 엘멜로이가 작고했을 때 이상의—— 충격을 일으켰고, 그때 몇 명쯤 봉인지정이 풀렸다고 들었다.

바로 눈앞에 있는 여자가 그 당사자였던가.

그리고 그 사실은 내가 들어본 다른 한 가지 소문도 뒷받침했다.

"——그레이. 이 분이, 대화 중에 나온 그랜드다."

회색 소녀가 흠칫 어깨를 떨었다.

그렇다.

그녀가 바로 봉인지정을 받은, 환상의 그랜드다.

우선은 천천히 전장을 지켜보자고 마음먹었더니, 배회하

던 최종 보스와 대뜸 조우한 상황이었다. 우리 오라비라면 "이따위 망겜 해 먹겠냐!"라고 틀림없이 컨트롤러를 집어 던졌을 것이다.

"만나서 반갑습니다. 라이네스 엘멜로이 아치조르테라고 합니다."

내가 격동을 억누르며 예의 바르게 인사하자 토코는 담담하게 미소 지었다.

"알아요. 엘멜로이의 선대에겐 옛날 작은 의뢰를 맡아봤거든요."

"선대……? 케이네스 엘멜로이 아치볼트에게?"

"그래요."

자세한 사정은 나중에 말을 나누자는 듯이 여자는 입술에 검지를 대어 보였다.

그러고 보니 이 여자는 실제로 몇 살인 것일까. 외견으로는 20대 중반으로밖에 안 보이지만, 봉인지정을 받은 시기를 고려하면 다소의 오차가 생겼을 터다. 물론 마술사의 외견 연령 따위 별반 믿을 만한 것도 아니고, 그랜드에다 봉인지정이라는 틀에서 벗어난 존재에겐 시간의 제약 같은 건 먼 나라 이야기일 것이다.

다만 선대의 이름이 나왔을 때부터 약간 아쉽게 느꼈다.

우리 오라비와 만나게 하면, 어떤 씁쓸한 얼굴을 볼 수 있었을까 싶었기 때문이다.

"어머."

토코가 그레이 쪽에 눈길을 돌렸다.

"…………?"

"당신, 재미있는 얼굴을 하고 있구나?"

빤히 쳐다보며 여자가 그 손을 뻗으려던 순간이었다.

홀 안쪽에서 환성이 터졌다.

"――아무래도, 황금희의 등장이겠는걸."

토코도 뒤돌아보았다.

안쪽은 2층 부분으로 이어지는 나선계단으로 이루어져 있었다. 그 2층 부분의 발코니처럼 튀어나온 부분에 쌍둥이 같은 메이드가 서 있었다. 서로 쏙 빼닮았다고 해야 할 모습으로, 반듯한 용모는 자칫 이쪽이 황금희, 백은희인 줄 착각할 수준이었다.

치마를 손끝으로 잡으며 인사(Courtesy)를 하고 나서, 두 메이드는 등 뒤로 말을 건넸다.

"이리로, 디아도라 님."

"이리로, 에스텔라 님."

"들어와 주십시오."

두 메이드는 마지막 말을 동시에 말했다.

발코니 그늘에서 천천히 보라색 드레스가 분리되었다.

"――――."

시간이, 잡아 뜯겼다.

모든 감각이 이 찰나에 상실되었다. 아니, 찰나라는 진부한 어휘째로 튕겨 날아갔다.

우리 쪽을 내려다보는 눈동자는 신화의 보석과 같고, 이상적인 콧마루는 천상의 조각가가 영혼을 걸고 깎아낸 것임이 틀림없다. 오므린 낙원의 꽃잎이 연상되는 입술에는 결코 사라지지 않는 청춘의 빛이 깃들어 있었다. 그런 한 가지 한 가지 표현이 우스꽝스러워질 정도로 그 여자는 그 여자인 것만으로도 ■■다웠다.

모든 형용사를 잃은 끝의, 무언가.

명색이 마술사된 몸으로서 함부로 입에 담아서는 안 되는——「　」이라고밖에 표현할 수 없는 결말의 지점.

"황금희의 이름을 승계한, 디아도라 밸류엘레타 이젤마라고 합니다."

그 목소리를 인식해도 늘어선 마술사들이 제정신으로 돌아올 때까지는 몇 분 더 필요했다.

마술사 몇 명이 손에 든 유리잔을 떨어뜨리고 자신의 신발에 포도색 얼룩이 묻는 것마저도 깨닫지 못했다. 완전히 호흡을 멈춰버려 산소결핍에 빠질 때까지 우두커니 선 사람도 있으면, 그 자리에 무릎 꿇고 폭포수처럼 눈물 흘리는 사람까지 있었다.

이것이 마술로 행사하는 정신 공격이라면 아무도 상대하지 않았으리라. 이곳에 모인 이들은 웬만한 수준 이상의 마술사이며, 마술사라면 먼저 자신의 정신을 무장하는 것이야말로 처음으로 배우는 사항이었기 때문이다. 오로지 순수한 ■였기 때문에 그들이 길러온 정신 방어의 술식은 종이보다 쉽게 찢어졌다.

부끄럽지만 나도 예외는 아니었다.

자기의식이 단절되었던 것마저도 깨닫지 못했다.

"백은희의 이름을 승계한, 에스텔라 밸류엘레타 이젤마입니다."

솔직히 두 번째는 이미 인식 바깥에 있었다.

베일로 얼굴을 가리고 있었다는 이유도 있지만, 우리의 인식 능력은 진즉에 펑크가 나 있었다.

주위를 둘러보니 사람들 대부분은 아직껏 의식을 회복하지 못하고 있었다. 하느님의 도래를 목도한 신자라면 비슷한 반응이 될지도 모른다. 몇 명이 눈을 누르고 있는 건 이 광경을 끝으로 안구를 터트리고 싶다는 충동에 쫓겼기 때문이리라. 그 충동을 억누른 것도, 한 번 더 같은 ■를 볼 수 있는 게 아니냐는 얄팍한 욕망 때문이리라.

"……과연."

옆에서 터져 나온 목소리에, 나는 겨우 현재 상황으로 복귀했다.

"……저게 황금희인가. 소문은 들었지만 설마 저기까지 이르렀을 줄이야. 이젤마의 역사를 상찬할 수밖에 없겠군."

토코가 속삭인 말이었다.

적잖게 변화한 말투에 순간 의혹이 스치고, 여자의 얼굴에 변화가 발생한 것을 눈치챘다.

토코는 안경을 손에 들고서 눈을 내리깔고 있었던 것이다.

"아아. 나도 여하튼 쇼크여서 말이지. 좀 교체해봤다."

"교체?"

"성격을, 좀."

안경을 다시 쓰고 토코가 묵례했다.

그때에는 이미 조금 전 분위기를 되찾고 있었다. 마술사에게는 연구를 위해 의도적인 인격 변이를 일으키는 사람도 많다. 특정 기술을 습득하는 데에 유리한 인격이라는 것은 존재하기 때문이다. 그런 예 중 하나일 거라고 나도 그 이상은 신경 쓰지 않았다.

"죄송해요. 자리 좀 비울게요. 괜찮겠어? 마이오."

"아, 아…… 네."

아직껏 주위가 망연해하고 있는 와중에 토코와 약사 마이오가 떠나갔다.

나도 실수로 황금희 쪽을 보지 않게끔 애쓰면서 일단 그레이를 흔들어대려고 했을 때였다.

마른 박수 소리가 파티장에 메아리쳤다.

"——훌륭하네, 바이런 경."

주름 많은 손으로 박수를 보내는 사람은 아마 일흔은 넘겼을 노파였다.

늑대처럼 품격 있는 은발. 녹색의 세련된 드레스를 입은 노파가 등을 꼿꼿하게 세우며 듣기 좋은 박수를 보낸 것이다. 그 소리는 의연한 태도 또한 맞물려서 얼이 나가 있던 마술사들마저도 회복시키는 청량한 음색이었다.

"로드 밸류엘레타."

누군가가 말했다.

그 이름과 함께, 황금희와 백은희가 다시 두 메이드에 이끌려 발코니 그늘로 되돌아갔다. '시간아 멈추어라.' 하고 빌고 있던 마술사들로부터 신음이 터졌다. 대체 몇 명이나 이대로 죽어버리고 싶다고 소원했을까.

음악도 새롭게 시동했다. 문라이트 세레나데.

그리고 발을 돌린 노파가 우리 쪽으로 걸어왔다.

"좀 전까지, 내 얼간이 제자가 있던 것 같았는데."

의미심장한 미소를 띠며 위스키 잔을 빙글빙글 즐겁게 돌린다.

나도, 이 상대에게는 자세를 바로잡지 않을 수 없었다.

"격조했습니다. 로드 밸류엘레타. 설마, 당신까지 오셨을 줄이야."

"이봐, 이봐. 분가의 중요한 날이라고. 내가 아무리 바빠도 안 올 수는 없지."

'크큭.' 하고 가볍게 웃는다.

주름투성이 얼굴을 더욱더 주름지게 하고서 이토록 생명력으로 넘치는 노파도 드물다. 한입에 위스키를 비우고, 때마침 다가온 호문쿨루스의 쟁반에서 새로운 유리잔을 받아들어 다시 빙글빙글 돌리기 시작한다.

"……로드 밸류엘레타? 그럼 창조과의."

그레이가 소곤소곤 물었다.

그렇군. 오라비 말고는 실제로 만나는 건 처음일지도 모르지.

"그래. 우리 오라비와 같은―― 시계탑의 열두 명 중 한 분. 창조과의 로드이시다."

"――자네가 트림마우 외의 시종을 동반한 건 오랜만에 보는데."

노파가 흥미롭게 말했다.

빙그레 웃음을 짓고.

"이노라이 밸류엘레타 아트로홀름이다. 잘 부탁하네."

오른손을 들어 올렸다.

회색의 소녀도 그 손을 조심조심 잡았다.

"……묘지기 그레이입니다."

다소곳이 후드를 아래위로 흔들며 인사한다.

정식 예의에는 안 맞지만 이노라이는 신경 쓰는 기색도 없어서 내가 설명을 덧붙이게 되었다.

"오라비의 입실제자죠."

"호오. 그건 유능할 것 같군."

"어, 어, 저기, 그게…… 하지만 마술사인 건 아닌데요."

그레이가 변명하기 시작하지만, 그 부분의 설명을 하면 더 번잡해지기에 나는 일부러 무시해두었다. 다행히 이노라이 쪽도 따지지 않으며 한 번 크게 끄덕일 뿐이었다.

시선을 스윽 내 쪽으로 되돌리고.

"그래서 어때? 슬슬 파벌을 바꿀 기분은 들었고?"

빙긋 웃은 노파의 말에 나는 심장을 부여 잡힌 기분에 젖었다.

아까도 한 얘기지만 엘멜로이는 명색이나마 귀족주의의 일파다. 밸류엘레타는 민주주의의 트란벨리오 파이며, 이 말에 얽혀가다가는 엘멜로이 따위는 순식간에 짓뭉개진다.

"아니, 봐주실 수 없을까요. 약소 세력으로선 생존만으로도 한계라."

"흠. 권유하는 쪽이니 우리가 엘멜로이를 비호할 생각도 있어. 그 로드 엘멜로이 2세가 우선적으로 교편을 잡아준다면 교실 한두 곳은 양보해도 될 정도다만."

"윽……!"

무심결에 말을 머뭇거리고 말았다.

파격적이라고 해도 무방한 조건이다. 확실히 교실의 이권은 그렇게 큰 것은 아니지만, 밸류엘레타가 거느린 교실은 시계탑에서 손꼽히는 영지(靈地)뿐이며, 어느 곳을 양보받든 간에 크게 행세할 수 있을 것이다.

"……공교롭게도 그만한 영지를 다룰 만한 그릇이 없어서 말입니다."

이렇게 대꾸하는 데 시간이 몇 초가량 필요했다.

"그건 아쉽군."

"권유 감사합니다. 하지만 우리 오라비의 어디가 그렇게 마음에 드시죠?"

"그건 자네에게 할 말이 아닐까? 물론 로드 엘멜로이 2세의 수완에는 크게 기대하고 있지만, 애초에 엘멜로이 교실의 상황을 보고 그를 로드로 발탁한 사람은 자네잖아."

"절반은 어쩌다 보니 그렇게 된 거죠."

이노라이의 말에 내가 옅게 쓴웃음을 지었다.

이러니까 사정에 밝은 인사와는 해 먹기 어렵다. 귀족주의의 대다수 인사처럼 얕잡아 봐주는 편이 훨씬 나은데.

그때.

"……저."

조심스럽기 짝이 없는 목소리가 터져 나왔다.

이노라이는 상대가 그레이라고 알자 뒷말을 촉구했다.
"음, 무엇이지?"
"……왜, 밸류엘레타는 귀족주의가 아닌 거죠?"
"읍————."
그레이의 질문에 나는 입을 쩍 벌리고 말았다.
어떻게 보아 트림마우 이상으로 분위기를 파악 못하는——숫제 상처 속에 손가락을 쑤셔 넣는 것만 같은 물음이었다.
"그, 그레이……."
"창조과의 마술사는 대부분이 예술가라고 들었어요. 예술은 귀족 곁에 붙기 마련 아닌가요?"
실로, 소박한 질문이긴 하다. 소박하고 치명적인, 독을 바른 죽창과도 비슷한 물음이다. 공들여 쌓아 올린 블록에서 가장 위태로운 부분을 일격에 무너뜨릴지도 모른다.
이 말에 이노라이는 쾌히 웃었다.
"아니, 자네 괜찮은걸! 나한테 그런 질문을 한 사람은 수십 년 만이야!"
쾌활한 웃음인 나머지, 마술사 몇 명이 우리 쪽을 돌아볼 정도였다.
물론 그게 시계탑에서도 소문난 여걸—— 로드 밸류엘레타라면, 누구든 쳐다보고만 있을 수는 없었다.
냉큼 고개 돌린 마술사들을 개의치 않으며 이노라이는 입을 열었다.

"예술이란 우선 그 시대에 사는 인간의 마음에 감명을 주기 위한 것이기 때문이지."

"그 시대에 사는 인간이요?"

목을 갸우뚱 기울인 그레이의 물음에 노파는 의젓하게 끄덕였다.

"아무렴. 참된 예술은 시대의 세례를 받은 것이라고 곧잘 말한다마는. 그건 이미 예술이 아냐. 역사라고 하는 거지. 물론 역사는 역사대로 고개를 숙여야 할 가치가 있고 귀족주의 일당은 받들어 모시는 것 같지만, 우리가 추구하는 게 아니야."

노파의 눈이 가늘어졌다.

가치라는 말이 결코 현실이나 역사에만 의존한 것이 아니라 아득히 먼 저편의 이상을 바라보고 있는 것이라고 분명히 알 수 있는 말투였다.

"아름답다는 것은 훌륭해. 예를 들어 불과 한순간일지라도 존재했다는 사실만으로도 가치가 있지. 우리는 그저 이 찰나를 내달리는 것 말고 할 일도 없어. ——마찬가지로, 지금 시대는 현재를 사는 인간이 과거의 혈통 따위에 상관치 않고 운영해야 한다는 게 우리의 신념이란 말이야."

낭랑한 연설은 확실히 한 파벌을 이끄는 필두 마술사로서의 긍지로 가득했다.

"……왠지 그냥인데, 이해했어요."

그레이가 끄덕였다.

'왠지 그냥' 이라는 표현은 모호하지만 성실하게 고민했다는 사실만은 그 표정에서 전해졌다.

"오오. 기쁜걸. 자네도 엘멜로이 2세의 입실제자라면, 언제든 우리 쪽에 찾아와도 상관없네."

이노라이도 활달하게 말하지만 이쪽 눈도 진지하다.

이 노파의 성질로 따지자면 어디서 꼼수로 들이칠지 알 수도 없으니, 나도 재차 긴장할 수밖에 없었다.

'……아아, 신물 난다, 신물 나.'

제아무리 나라도 자기 자신이 말려들어서야 오라비의 고뇌를 비웃고 있을 수 없다.

후회나 하고 있을 때 다른 사람의 그림자가 드리웠다.

지팡이를 짚으면서 빠르게 다가온 사람은 아까 만났던 신사였다.

바이런 밸류엘레타 이젤마.

"이쪽에 계셨습니까, 이노라이 님."

"이런, 바이런 경. 즐겁게 보내고 있었네."

노파가 다시 위스키를 한입에 쭉 들이켜 비우자 신사는 얼굴을 들이대며 속삭였다.

"잠시, 드리고 싶은 말씀이."

"호오."

이어지는 귀띔에 이노라이가 희미하게 표정을 움직였다.

그리고.

"그럼 일단 실례하지. ——또 만나세. 엘멜로이의 아가씨에 입실제자."

아직도 하얀 이를 드러내며 노파가 웃은 것이었다.

3

결국 그 뒤로는 평소와 같은 인사 순회를 마치고 사교모임이 끝났다.

영락없이 황금희, 백은희도 홀에 내려와서 소개할 줄 알았는데, 그런 행사는 없이 끝났다. 하긴 그만한 ■와 직면하면 진짜로 이 자리에 있던 마술사들이 제정신으로 남지 못했을지도 모른다.

대다수 마술사는 그대로 귀로에 들고, 재정상으로도 내일 전철을 기다릴 필요가 있는 나는 맞은편에 있는 해의 탑에 방을 빌렸다.

아무래도 달의 탑이 집안사람, 해의 탑이 손님이 기거할 장소로 할당된 모양이다.

당연히 고급 침대여서 눕는 것만으로도 무중력 공간의 기분에 젖어 들었다. 반대로 몸 내부에 들러붙은 무게를 깨닫는 바람에 무심코 크게 숨을 몰아쉬고 말았다.

"……나 원 참."

슬쩍 눈꺼풀을 만졌다.

안구가 바싹 뜨거워져 있었다. 이 체질 때문에 사교모임은 별로 자신이 없었다. 마술사마다 마력의 파장은 다르기에 일일이 채널을 맞추던 안구가 가벼운 열 폭주 같은 상태에 빠진 것이다.

이런 면에서 나도 마술사로서 그다지 우수하지 못한 증거라고 생각하는데, 우리 오라비 말로는 나이를 먹으면 안정되는 타입의 체질이라고 한다. 개인적으로는 마안 보유자라는 것만으로도 아주 약간 부러운 티를 내던 오라비의 표정만이 흡족했다.

'……그건 그렇고.'

얼굴 전체를 가리고 한숨을 내쉬었다.

"그랜드 다음에, 로드까지 등장하다니."

아무리 그래도 이벤트가 너무 많다.

안구만이 아니라 뇌 쪽도 열 폭주를 일으킬 것만 같다. 대략적인 상황은 예상했다고 마음먹었는데, 좀 만만하게 봤다. 아니 로드 밸류엘레타가 나오는 건 또 몰라도 하필이면 저간에 소문이 돌던 그랜드가 아오자키 토코였을 줄이야.

생각해야 할 게 산더미라서 어디부터 정리해야 할지도 막막하다.

"……그래도, 습격받는 일은 없어서 다행이에요."

옆에서 불쑥 말소리가 나왔다.

아직 침대에 눕지 않고 소파에 앉아 있는 그레이가 한 말이었다.

오랫동안 긴장을 풀지 않았던 탓인지 아직 진정되지 않은 것처럼 안절부절못하고 있다. 깍지 낀 손가락이 오물쪼물 움직이는 모습이, 부디즘의 결인(結印) 아니면 아프리카의 실뜨기 같긴 했다. 그러고 보니 오라비의 강의에서 마오리의 실뜨기는 신화를 전하는 이야기꾼이 하는 거라느니, 이누이트의 실뜨기에선 주술과의 관련성도 찾아볼 수 있다느니 했었지……. 응, 이런 연상이나 하는 단계에서 이미 상당히 피곤하다는 증거이긴 하다.

요는, 뇌를 제대로 제어하지 못하고 있다는 뜻이다.

"집적거릴 만한 놈들은 설렁설렁 있었지만. 대부분은 이번 피로연에 맥이 탁 풀린 거겠지. 그 지경까지 가면 일종의 병기나 다름없어."

"……어째서, 그렇게나 아름다운 사람을 만든 걸까요?"

그윽하게, 그레이가 말했다.

그 황금희에는 말주변 없는 이 소녀조차 감명을 받을 만한 충격이 있었던 모양이다. 아니, 절실하게 이해하지만.

"오라비와도 대화를 나눴었지만, 아름다움이 마술의 영

역이기 때문이야.”

안약을 넣고 나서 대답했다.

아주 희미하게 열이 누그러지는 걸 알 수 있다. 눈이 가라앉자 차츰 기분도 가라앉기 시작하는 걸 보면 내 몸인데도 참 타산적이다. 뭐 마술사라고는 해도 셀프컨트롤에는 그만한 시간과 절차가 필요하다.

“아름다움이, 말인가요?”

“그래. 오라비는 수학적인 조화가 마법원 및 공방에 필요하기 때문이라고 설명했었는데, 아마 이젤마랄까 밸류엘레타는 보다 근본적인 부분에서 아름다움을 평가하고 있는 거야.”

나도 반쯤 잊었던 사실을 그 충격으로 말미암아 기억해냈다.

“마술사란 무엇을 지향하는 이들인지 알고 있나?”

순간, 그레이는 얼떨떨해하다가 고민하면서 입을 열었다.

“어어, 저…… 수업 중에 들었어요. 근원의 소용돌이……였던가요.”

“맞아. 근원의 소용돌이라고도 하고, 단순히 근원이라고도 하고, 또는 감히 언급할 수 없는 것으로서 「　」라고 지칭할 때도 있지. 모든 것의 원인이자 모든 현상과 사상을 흐르게 한 제로. 응, 이렇게 입 밖에 꺼내보니 말은 정말로 좋지 못한데. 제로도 근원에도 괜한 색깔이 묻어서 중요한 의미를 가둬버려."

말을 고르면서 나는 눈을 가늘게 떴다.

"어쨌든 간에 마술이란 결국 거기에 이르기 위한 덤이야. ——아아, 물론 초현실과 접하는 거든 초인에 이르는 거든, 그 자체가 열락이지. 우리는 약하기 때문에 그런 일탈을 갈구하게 돼. 하지만 궁극적인 목표는 역시 그쪽이 아닌 거지."

나는 하나씩 꼼꼼하게 말했다.

현대의 마술사쯤 되면 대부분은 근원이 감히 도달할 수 없는 곳임을 알고 있다. 애당초 신대부터 마술은 쇠퇴하기만 할 뿐이고, 과거를 향해 역주하는 집단이 보답 받을 수 있을 턱이 없다. 아마도 최후일 거라는 다섯 번째 마법사도 극동에 나타나 버린 현재, 그곳에 이르기 위한 문은 거의 닫힌 거나 마찬가지다.

하지만 그런데도 포기할 수는 없다.

포기할 수 있다면 처음부터 마술사 같은 게 되지도 않는다.

"밸류엘레타는 거기에 이르기 위해서, 미(美)라는 길을 택한 가문이야."

"……길."

"그래. 이건 들어본 적 있겠지. 원래 인간에게 미적 감각이란 살아남기 위한 기능이었어."

관자놀이에 손가락을 짚고 아주 전에 들은 오라비의 강의를 떠올렸다.

그래 봬도 역시 강사로서 유능한 건 분명한지라 첫 실마리만 찾아내니까 나머지 강의 내용이 술술 부양하기 시작했다.

"예를 들어 후각과 미각은 독을 피하고자 발달했고, 시각과 청각은 위험을 피하고자 단련되어왔지. 그런데 말이야. 이러한 오감과는 별개로, 우리가 인류로서 사고를 확립하기 전부터 『쾌락을 부르는』 감각으로서의 미는 존재하고 있었어."

예를 들어, 프랑스의 라스코 동굴에 그려진 벽화.

예를 들어, 빌렌도르프 유적에서 발굴된 구석기 시대의 나체상들.

원시미술이라고도 일컫는 이들 작품군은 인류와 미술이 떼어낼 수 없는 관계에 있음을 명시하고 있다.

"미의 작용에 관해서 마술은 이렇게 판단한다더군. ——아름다운 것을 보는 행위는 자기 자신을 아름답게 하는 행위라고."

"……자기가, 아름다워지는 건가요?"

아무래도 이해를 초월했는지 그레이가 회색 눈썹을 귀엽게 찡그렸다.

"후후후. 이상한 얘기지? 하지만 미술과 문예가 영혼의 식사라는 말이라면 주변에 널린 잡지에서도 본 적 있지 않나?"

"……아, 네. 그쪽이라면."

"근본적으로는 같은 말이라는 것 같거든. 오라비의 말에 따르면 미술이란 일종의 공감주술이라는 모양이야. 그 미술을 감상함으로써 본인의 영혼과 영성이 정화되는 감각——. 이게 바로 우리가 느끼는 아름다움의 정체라더군."

내 말에 그레이는 작은 동물처럼 끄덕이고, 잠시 생각에 잠겼다가 입을 열었다.

"그럼, 만약 궁극의 미가 있다 치면……."

"우리의 영혼을 단번에 고차원으로 끌어올릴지도 모른다는 뜻이지. 어때? 좀 나은 사람이 된 기분은 드나? 뭐, 그레이는 원래 얼굴이 예쁘지만."

"——소제의 얼굴 얘기는, 하지 말아주세요."

잠깐 묘한 간격이 있었다. 지뢰였을지도 모르겠다.

이런 건 끌어내면 귀찮으니 얼른 넘어가기로 하자.

"……뭐, 실상 이렇게 미에 관한 이야기보따리를 한바탕 푸는 행동도, 그야말로 그녀라는 마술의 작용인 거겠지."

정말이지 감탄스럽다.

예를 들어 그것은 한 권의 책, 한 수의 시에 감동하여 인생이 바뀌는 것과 똑같다. 웬만한 명작과 파장이 맞아떨어진 독자 사이에서도 좀처럼 일어나지 않는 그 현상을, 만약 반드시 끌어낼 수 있다면—— 그것은 틀림없이 하나의 마술일 거다. 어쩌면 마법의 경지라고 형용해도 과언이 아닐 정도로.

"……하아."

그레이가 깊게 한숨을 내쉬었다.

"창조과는 다들 그런 건가요? 어쩐지 무척 머나먼 여행을 하는 것 같아요."

"뭐, 이젤마 가문을 포함한 밸류엘레타는 시계탑에서도 가장 유서 깊은 가문 중 하나니까. 뭐니 뭐니 해도 삼대 귀족 중 하나에 해당할 정도야."

바르토멜로이.

트란벨리오.

밸류엘레타.

이 셋을 가리켜 시계탑에서는 삼대 귀족이라고 부른다.

잠시 딴 곳으로 빠지지만 시계탑에서 로드(Lord)라는 명칭은 큰 의미와 작은 의미로 나뉜다. 큰 의미의 열두 로드는 이미 설명이 불필요할 것이다. 반면에 작은 의미—— 귀족(로드)이란 의미로 부를 경우, 대다수는 삼대 귀족의 친척을 가리킬 정도로 이 세 가문은 특별시 되고 있었다.

물론 정식적인 것은 아니다.

군주 제도가 굳어진 시대보다 전부터 내려온 관례적인 것이었다. 단, 오래된 것에는 한결같이 경의를 보내는 게 마술사의 본능이기도 해서, 이러한 관례를 배경에 둔 권력항쟁과 어깃장은 실로 끈질기게 이어지고 있다. 응, 마술사는 얼른 망하는 편이 낫지 않을까.

참고로 로드 엘멜로이도 본래 그러한 의미를 포함하고 있었는데, 지금 와서는 아득한 과거의 이야기다.

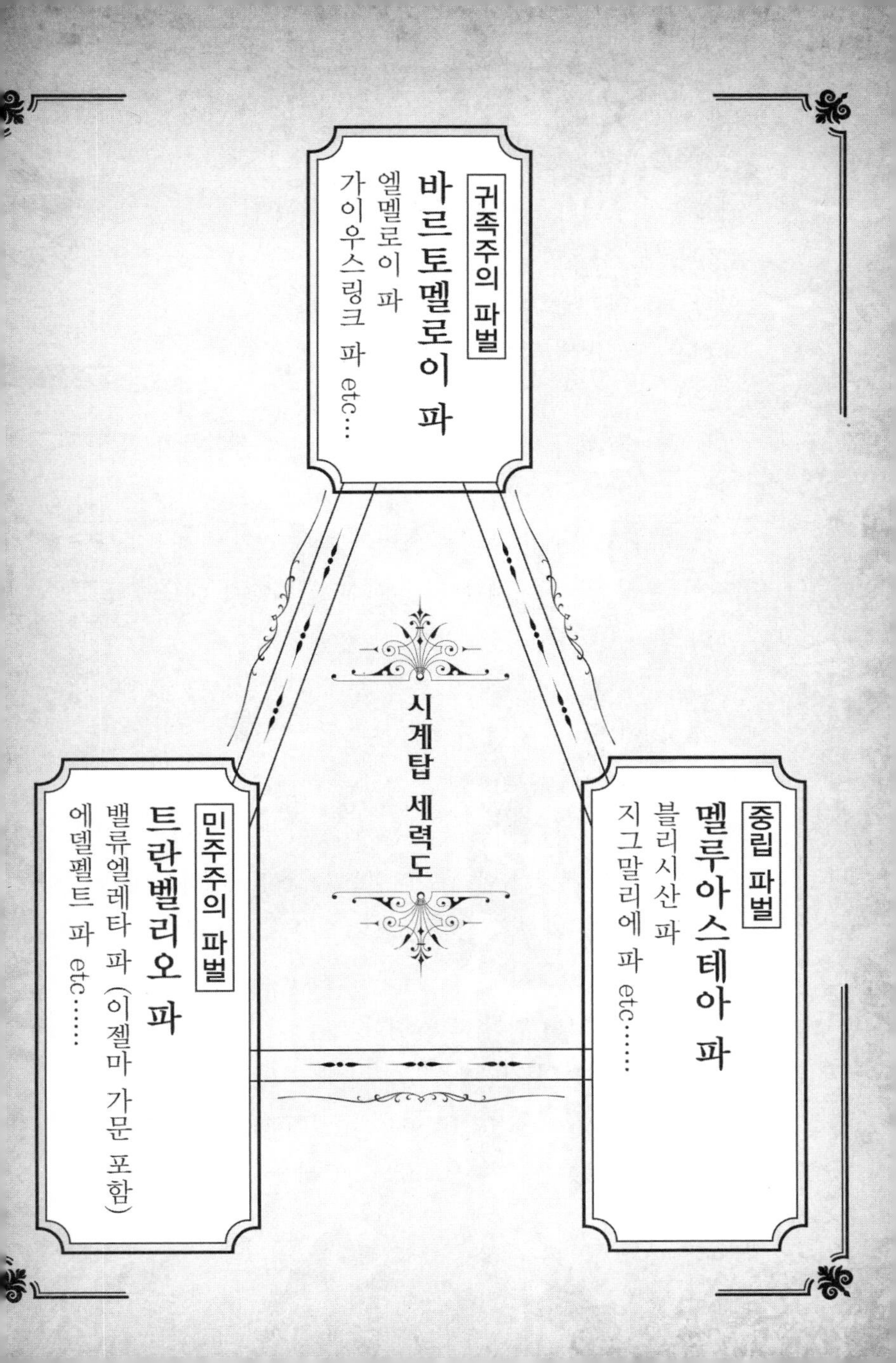

시계탑 세력도
귀족주의 파벌
바르토멜로이 파
엘멜로이 파
가이우스링크 파 etc…
중립 파벌
멜루아스테아 파
블리시산 파
지그말리에 파 etc……
민주주의 파벌
트란벨리오 파
밸류엘레타 파 (이젤마 가문 포함)
에델펠트 파 etc……

“……또, 머리가 터져버릴 것 같아요.”

관자놀이 주변을 누르며 그레이가 고백했다.

“후후, 좀 지나치게 채워 넣었나.”

살짝 웃으며 나는 이불을 매만졌다.

그러자 그레이의 망토 오른손 부근에서 꾸물꾸물 움직임이 있었다.

“아니 근데, 내내 틀어박혀 있던 바람에 황금희인지 뭔지를 못 봤다고!”

‘팅’ 하고 고정구가 풀리는 소리와 함께 거기서 새장과도 비슷한 『우리』가 튀어나왔다. 『우리』 안쪽에서 애드가 풍부한 표정으로 주장을 내세웠다.

“그 누나 무섭고 말야! 거 꽁꽁 숨어있었는데 들킬 뻔한 건 처음이라고!”

상자에 각인된 눈과 입이 부산하게 변화한다.

때때로 생각하지만 이러고 있는 애드는 무슨 영화의 CG라도 되는 것 같다. 어지럽게 형태변화(morphing)하는 표정은, 주인을 대신한다고 주장하듯 필요 이상으로 풍부했다.

“아오자키 토코 말이냐?”

“그래, 그거. 그거 뭐야. 괴물이냐.”

“그렇다면 안 들킨 것만으로도 대단한 거다.”

애드의 은닉이 마술적인 것이 아니었기 때문일 것이다. 물론 그럼 트릭 같은 술수만으로도 이 새장이 그레이의 망토에 들어갈 수 있느냐고 물으면 물음표가 달리겠지만, 그 점에 관해서는 소녀도 애드도 입을 다물고만 있었다.

"……그건, 나도 신경 쓰고 있지."

"앙?! 그 안경녀를?"

"그래. 하필이면 아오자키 토코가 왜 이 사교모임에——."

그렇게 말을 이으려던 순간이었다.

느닷없이 옆에 기척이 발생했다.

"트림?"

슬슬 슈트케이스로 돌려보낼까 생각 중이던 내 수은 메이드가 방문을 빤히 쳐다보고 있었다.

"불확정 대상 2명의 접근을 확인했습니다."

나와—— 그레이의 온몸에 긴장이 솟구쳤다.

과연 10초가량 뒤였다.

'똑똑' 하고 방문을 노크하는 소리가 들렸다.

그레이와 순간 눈을 마주치고, 살짝 침을 삼킨 다음에 끄덕였다.

소녀의 손이 책상에 놓여있던 애드의 『우리』를 붙잡고 스윽 망토 안에다 집어넣었다. 몇 번 봐도 이차원에 빨려 들어가는 거로밖에 안 보이지만, 현재 초미의 문제는 문 건너편이었다.

트림 외의 마술예장도 들어있는 슈트케이스로 손을 뻗었을 때.

"——잠시 괜찮을까요."

목소리가 들렸다.

어디선가, 들은 기억이 있는 목소리였다.

"——들어오시길. 열려 있습니다."

그렇게 대꾸했다.

어차피 남의 집 열쇠 따위 신용할 수 없으니 열어놔도 마찬가지일 것이다. 남의 영지에 있는 한, 함정으로 도배된 미궁에 갇혀있는 것과 별반 다르진 않다.

바로, 반응은 있었다.

실처럼 열린 틈새가 곧장 벌어지고 바깥쪽 복도가 드러났다.

서 있던 것은 황금희, 백은희의 피로연에 수행하고 있던 메이드였다.

"카리나라고 합니다."

한 손에 랜턴을 들고 있었기에 메이드는 약식 커티시 뒤에 재차 인사했다.

"정중한 인사로군. 라이네스 엘멜로이 아치조르테다. 무슨 용무지?"

솔직하게 묻자 메이드는 등 뒤에 눈길을 주었다.

아무래도 한 명 더 있는 모양이다.

다른 쌍둥이일까.

"이리로 오시길."

그 말하고 손짓과 함께 다른 한 사람의 그림자가 메이드에게 다가왔다.

눈이 머는 줄 알았다.

때로 인식은 현실의 물리법칙을 능가한다. 나는 거의 마술이나 다름없는 수준으로 나 자신의 시신경과 그 정보들을 관장하는 후두엽이 동시에 파열하는 걸 실감했다.

"황금……희……!"

*

솔직히 머리가 돌아버리는 줄 알았다.

동성이라고는 해도 이만한 아름다움이 되면 성별 차이 따위는 초월한다. 나자빠진 정신이 회복하는 데에 시간이 몇 초가량 더 필요했다. 양초의 불빛에 일렁이는 미모는 너무나도 현실과 거리가 멀어서 내가 서 있는 곳이 이계로 뒤바뀌었다고 들어도 믿어버릴 것만 같았다.

"만나서 반갑습니다."

목소리가 들렸다.

그 음성마저도 뇌를 직접 뒤흔드는 것 같았다.

"……어, 어어."

나도 크게 목을 꿀꺽이고 말았다.

아무리 그래도 두 번째인 만큼 지난번만한 충격은 없었지만, 그렇지 않았으면 기절했을지도 모르겠다. 아름다움이란 폭력이라고 깨달았다.

"디아도라 님께서, 당신과 말씀을 나누고 싶다고 말씀하신지라."

카리나라고 이름을 밝힌 메이드가 재차 입을 열었다.

"저희와?"

"아니요. 실례지만, 그쪽 분은 자리를 비워주실 수 있을까요?"

양초의 불빛이 비춘 것은 회색의 후드를 눌러쓴 그레이였다.

"……저, 소제는."

"그레이는 신용할 수 있는 사람입니다."

곧장 내가 끼어들었다.

이럴 때를 위한 보디가드인데, 정작 그 순간에 없어져서야 곤란하다. 트림마우만으로 대처할 수 있다고는 단정할 수 없으니까.

그러자 상황을 보고 있던 디아도라가 말을 덧붙였다.

"……그러시다면 카리나만 빼놓지요. 괜찮지?"

"분부대로."

카리나는 한 번 끄덕이고는 순순히 방을 나갔다. 시종으로서 기본이라는 듯 기척이 느껴지지 않는 상대였다.

뒤에는 우리와 디아도라가 남았다.

"갑자기 시간을 빼앗아서 죄송합니다."

"……아니요."

그 목소리에 아직도 아찔해 하면서도 가까스로 대답했다.

하지만 이만큼 접근하자 어떤 점을 발견하기도 했다.

"……혹시, 귀가 불편하시기라도?"

"알아차리셨나요."

황금희—— 디아도라는 미소 지으며 귀를 잡았다.

"유전적인 문제로 청력을 상실했습니다. 그래도 입술을 읽으면 대화는 얼추 가능하고, 발화(發話)에 관해서는 마술을 통한 학습이 용이했으니까요."

"……아아, 그렇군요."

현대 과학에 추월당하고 있는 마술이지만 아직도 마술만이 가능한 강점도 많다.

방금 황금희가 말한 내용—— 청각장애인에게 바른 발음을 가르치는 행위는 바로 그러한 예였다. 결국 뇌에 직접 발음 정보를 주입하면 장땡으로, 어느 정도 고등 마술이기는 해도 염화(念話) 등이 가능한 술자를 데려오면 문제는 쉽사리 해결된다. 명색이 밸류엘레타의 분가라면 그 정도는 손쉬운 일이었을 것이다.

하긴 이 또한 앞으로 10년, 20년만 지나면 현대 과학도 직접 뇌에 전극을 심는 정도는 해치울 성싶지만.

한 번 숨을 들이켠다.

머릿속을 바꿔서 평소의 자신으로 말을 꺼냈다.

"오늘 밤은 즐겁게 보냈습니다. 이러고 있는 것만으로도 영광스럽고 눈이 호사를 누려 쓰러질 것만 같군요."

공치사가 아니라 정직한 감상을 입에 올렸다.

디아도라가 옅은 미소를 지었다.

꽃보다 더 꽃같이.

"감사합니다. ——엘멜로이에 대해서는 아버지께 말씀 듣고 있습니다. 새로운 마술을 구축하여 전 시계탑에서 주목받는 분이라고 하셨지요. 뉴에이지의 마술사들에게는 아예 구세주라고."

이거야 원, 또 오라비 얘기군.

지루하진 않지만 질리기는 한다. 밸류엘레타만한 명문이 구태여 뉴에이지라고 덧붙이는 건, '즉, 우리와는 관계없네요.' 라고 말하는 것과 같기 때문이다.

그런데 이번은 달랐다.

"한 가지, 청이 있답니다."

그녀가 이렇게 말을 꺼낸 것이다.

"호오. 이토록 어여쁜 분의 청이시니, 미력하나마 가능한 범위라면."

"그럼, 말씀에 힘입어서."

고개 끄덕인 황금희는 이렇게 말을 이었다.

"……망명을, 청하고 싶어요."

"……망, 명?"

얼떨결에 눈을 크게 뜨고 말았다.

"네. 저희 신병을 엘멜로이 파에 의탁하고 싶습니다."

"…………."

파벌의 이동.

그것은 확실히 망명이라는 명칭이 마땅하다. 우리 엘멜로이는 어쨌든 간에 엘멜로이가 속한 귀족주의파는 작은 나라에 필적하는 자산과 전력을 갖추고 있기 때문이다. 그것은 동시에 밸류엘레타가 속한 민주주의파도 똑같은 전력을 갖추고 있다는 의미이기도 하다.

그렇기 때문에 나는 소리를 내며 침을 삼키고 말았다.

사정을 모르는 그레이가 어리둥절해 하고 있었는데, 이 상황에선 되레 구원이었을지도 모르겠다.

"……일단, 이유를 여쭈어도 되겠습니까?"

"저는, 저와 동생을—— 이번에 백은희의 이름을 승계한 에스텔라를 지키고 싶답니다."

디아도라는 분명하게 말했다.

"지킨다고요? 하나 그 바이런 경이 여러분을 소중히 여기지 않을 리는 없을 텐데요."

"…………."

잠시 침묵이 흘렀다.

결코 완고하게 대답하지 않겠다는 건 아니고, 너무나도 무겁기 짝이 없는 무언가가 아름다운 여자의 입술을 다물게 하는 것이었다. 나도 그레이도 침묵했다. 구태여 재촉하지는 않으며 무겁기 짝이 없는 그 무언가를, 그럼에도 불구하고 그녀 스스로 뿌리칠 때를 기다렸다.

이윽고.

"……좀, 지쳤어요."

디아도라는 속삭였다.

장미 자수를 놓은 보라색 드레스의 가슴에 손을 얹으며 이렇게 말을 이었다.

"저희의 몸을 만들어내느라 얼마나 큰 고통을 강요받았을지는, 상상하실 수 있으리라 믿습니다."

마술을 통한 육체 개조는 대부분 유파에서 기본이다.

어릴 적부터 거치는 엄격한 수행과 마술각인의 이식은 물론이거니와, 대부분이 약물투여를 시행하고, 때로는 뇌나 장기를 주무르는 예도 드물지 않다. 풍문으로는 모종의 마술로 만든 벌레를 교체하며 몇십 마리, 몇백 마리씩 체내에 집어넣는 일도 있었다고 한다.

하물며 황금희와 백은희다.

이만한 완성도에 이르렀다면 그 대가로 아무리 큰 고통을 치렀다고 해도 모든 마술사가 수긍할 것이다. 아무리 눈부시게 보이더라도 이젤마도 마술에 종사하는 몸이다. 그 원리에 따라서 구동하는 존재가 마술사의 가문이라는 것이었다.

그러나 반드시 개인이 가문의 방침에 몸을 바친다고는 단정할 수 없다――.

"――오해하시지 말아 주세요. 저희도 마술사입니다. 자기 몸을 바칠 각오는 하고 있지요. 하지만 아버지의 방식은 현재 비효율적이에요. 아니, 아버지의 방식이 효율적이던 단계가 끝나고 만 거예요. 그렇다면, 저희에게는 자기방위의 의무가 있겠지요."

"…………."

이번에는 내가 입을 다물 차례였다.

그녀가 하는 말과 비슷한 사례는 드물게 있다.

마술이 일정 단계에 도달해서, 그때까지 써먹던 방법론이 완전히 쓸모없어지는 순간. 그 순간을 잘못 보는 바람에 몇백 년을 보낸 가문이 단절되는 사례도 들었다.

"즉, 자기방위가 필요할 만큼 바이런 경의 술식이 위험하다――. 또한 바이런 경은 여러분의 의견을 듣지 않으신다?"

"맞아요."

디아도라는 또렷하게 긍정했다.

"현재 상태로는 조만간 저나 백은희 중 하나가 죽음에 이르겠지요."

'이봐 이봐 무슨 소리를 하는 거야.' 하고 소리치고 싶어졌다.

만약 예술에 등급을 매긴다는 모독적인 행위를 하자면, 이 두 사람은 틀림없이 정점에 군림한다. 그것도 2위 이하가 지하는커녕 맨틀에 파고들 수준의 압도적인 차이를 벌리고서 말이다. 인류의 손실이라는 말이 있는데, 그녀들이 사라질 바에는 대영박물관을 파괴하는 편이 낫다고 단언할 사람은 적지 않을 것이다.

한숨과 함께 나는 입을 열었다.

"하나 그건 우선 로드 밸류엘레타에게 호소해야 할 안건이 아닙니까?"

"이노라이 님께선 자상하신 분입니다만, 창조과 마술사의 수장임은 틀림없지요. 아버지께서 이젤마 가문의 당주이며 충분한 공적을 거둔 이상, 그 사실을 뒤집어서까지 저희에게 손을 내밀어주시지는 않을 거예요."

맞는 말이다.

설사 인격자라고 해도 마술사인 시점에서 아무런 의미도 없다. 인간적인 태도가 마술사로서 옳은 길을 능가한다고 주장하는 사람이 한 파벌의 우두머리가 될 수 있을 리 없다. 마찬가지로 업적을 이룩한 사람에게서 무언가를 빼앗는 짓 또한 한 파벌의 우두머리가 용납할 수 있는 행위가 아니다.

"하지만 여러분은 바르토멜로이의 파벌입니다. 이익이 될 성싶으면, 아버지나 로드 밸류엘레타의 의향 같은 건 관계없이 움직이겠지요. ——저희에게는 그 정도의 가치가 있다고 봅니다."

디아도라의 말에 나는 그저 끄덕일 수밖에 없었다.

마술사가 아닐지라도—— 그리고 마술사라면 애달플 정도로 그녀를 원할 것이다. 이르자면 그녀들 본인이 바로 창조과의 보배이므로.

"그래서는, 결국 여러분의 몸을 살피게 됩니다만? 여기서 지내는 것보다 편하다는 말은 입이 찢어져도 못합니다."

"……그래도 거래는 가능할 테지요."

황금희는 딱 부러지게 단언했다.

예를 들면, 조건을 다는 것은 가능할 거라고.

사법 거래에서 테러리스트가 정보 제공의 대가를 받듯이.

"……과연."

한순간, 내 쪽의 말이 끊어질 뻔했다.

만만하게 보고 있었다고 후회했다. 확실히 이 아름다운 여자는 내게 말을 붙일 만한 각오를 굳히고 있었다. 자기 자신의 말이 얼마나 당치 않은 것인지를 충분히 알고 난 다음에, 그럼에도 불구하고 필요한 과실을 따러 왔다.

"…………."

숨을 들이켰다.

의식을 뒤바꾸어 눈앞의 상대를 반상의 기물로 설정한다.

나 자신 또한 기물 중 하나. 시계탑이라는 이름의 체스보

드에, 여럿 올라온 평범한 폰이라고 인식한다. 파벌 항쟁이란 결국 이 기물의 위치 관계를 가리킨다. 때와 상황에 따라서 기물의 소속 진영까지 홱홱 변하는 거로 보아 체스라기보다는 극동의 *쇼기에 가까울까.

"하지만 아시는 바대로 전 귀족주의파에선 말단에 불과합니다. 가령 요청을 받아들였다고 해도 딱히 보증할 수는 없습니다만?"

"네, 그거면 충분해요. 고명하신 엘멜로이가 저희를 받아들인다면 어느 분도 무시할 수는 없겠지요."

'……아아. 그래서 우선 우리 오라비를 칭찬했단 말이군.'

못 당하겠군.

디아도라는 빈틈없이 포석을 놓아두었다.

극히 당연한 인사인 척하며 중요한 대목에서 내가 도망칠 곳을 없애고 있었던 것이다. 물론 교섭에서는 기본 중의 기본이지만, 이 아름다움에 휩쓸리면 당연한 행위가 몇 배나 되는 위력을 띤다.

나는 말의 무게를 느끼고 있었다.

"미력하나마 힘쓰겠다고 말을 했죠."

나는 입을 열었다.

섣불리 언질을 주면 이 자리에서 파멸이 결정될 수 있다.

"하지만 사정이 그렇다면 당신만이 아니라 백은희——

*일본식 장기인 쇼기는 상대의 기물을 빼앗을 수 있는 규칙이 있다.

에스텔라 님께도 말씀을 여쭈어야 합니다. 마술 세계의 질서를 중시하는 건 저희 또한 마찬가지입니다. 확실히 밸류엘레타와는 속한 파벌이 다르지만, 그렇기에 전면항쟁이 될 만한 행동은 삼가고 있어요."

디아도라의 요청을 부드럽게 내쳤다.

하지만 이쪽 대답에 그녀는 한 장 더 카드를 제시했다.

"……그에 충분한 보수가 있다고 한다면 어떨까요?"

"보수?"

앵무새 같은 내 말에 디아도라는 끄덕이고 천천히 일어섰다.

그야말로 황금의 광채에 눈을 빼앗길 수밖에 없었다.

끝으로, 그녀는 이렇게 말을 남겼다.

"……내일, 새벽에 제 방에 와주십시오. 뒷문은 열어둘 테고, 방은 마술 자물쇠(미스틱 록)로 해놨으니 다른 사람이 들어올 염려는 없습니다. 백은희에 관해서도 그때 설명하지요."

그 말을 끝으로 디아도라는 방을 떠났다.

실로 부끄러운 일이지만 무심코 만류할 뻔했다. 방을 밝히는 열은 빛마저도 그녀와의 이별을 아쉬워하는 것 같았다.

필사적인 심정으로 손을 억제하고, 뒤에 남은 나는 한숨을 쉬었다.

"……라이네스 씨."
부르는 말이 들렸다.
그레이였다.
앞선 교섭 때는 줄곧 말없이 보고 있던 소녀가 내게 다시 입을 연 것이다.
"응?"
눈길을 주자 자기 침대에 푹신하게 앉아 있던 소녀는 이렇게 물었다.
"어쩔 생각이세요?"
"그게 영."
그레이의 물음에 나는 어깨를 으쓱였다.
솔직히 이대로 쓰러지고 싶어서 견딜 수 없었다. 안 그래도 사교모임 때문에 피곤하던 차에 이 상황이다. 차라리 죽여달라고 빌어도 누가 나를 탓할 수 있으랴.
"……황금희의 망명, 진심이라고 보세요?"
"미묘한 노릇이지."
일반적이라면 일소에 부칠 상황이다.
그렇지만 그녀가 궁지에 내몰린 느낌은 진짜로 보였다. 일단 내게도 안목 하나만 가지고 이 업계에서 살아남아 왔다는 자부심은 있다. 초등학교(Primary school) 때부터 명색이나마 엘멜로이 파를 운영해올 수 있었던 건, 결국은 남의 깊이를 간파할 수 있었기 때문이다.

성격이 고약했던 덕분이겠지.

남이 괴로워하는 모습을 좋아한다는 내 공언하기 어려운 취향은, '그 상대가 결국 무엇을 어떻게 생각하는가' 라는 심리를 가늠하는 쪽으로 능력을 갈고닦아 주었다. 좋아하는 일은 잘하게 되는 법. 대부분 마술사는 자기 욕망에 너무 솔직해서 실천을 통해 공부하는 데 모자람이 없던 것도 영향이 컸다.

"그런데 퍽 용의주도하게도 몰아세워 줬단 말이지."

콧방귀를 뀌었다.

여기서는 딱 잘라 거절했어도, 필시 그녀는 다음 기회에 다시 바르토멜로이 파에 말을 꺼낼 심산일 것이다. 만약 그랬는데 수용된다면, 이번에는 변변히 연결고리도 만들지 못한 내가 책망받는다는 얘기다.

반대로 우리가 먼저 바이런 경에게 밀고하기에는 입장이 너무 약하다. 엘멜로이 파가 황금희를 유혹한 거라는 식의 트집이 잡히면 이건 이거대로 집안의 위기다.

만약 내가 그녀를 거절하려고 마음먹었다면, 애당초 문의 노크 따위는 못 들은 척하는 정도밖에 없었던 것이다.

"정말로 성가시기 짝이 없어. ——트림."

"예."

돌아본 수은 메이드에게 지시했다.

"휴면에 들어간다. 경계 태세를 유지한 채로 대기."

"알겠습니다."

내가 슈트케이스를 탕 두드리자 트림마우는 슈륵 빨려 들어갔다. 이 상태라면 마력 소비가 거의 없다. 원래 트림마우의 유지에는 최저한만 마력을 쓰게끔 구성되었지만, 다른 가문에서 휴식하는 거라면 만전을 기해 두고 싶다. 녹초가 되어 지친 머리로 또 그런 여자와 교섭 같은 건 생각도 하기 싫다.

"……일단, 보수인지 뭔지를 확인해보자고."

그렇게 말하고 이번에야말로 눈꺼풀을 내렸다.

의식은 침대 바닥으로 곤히 잠겨 들었다.

4

——같은 시기.

호수 지방의 바람은 축축하게 물기를 띠고 있었다.

밤의 어둠도 어딘가 흥건히 젖은 것 같으며, 인근 숲도 초원도 그저 하얀 안개에 휩싸여 있다. 이 주변은 습도와 현저한 기온 차가 만들어 내는 짙은 안개로도 유명해서, 그 때문인지 먼캐스터(Muncaster) 성을 비롯한 유령 저택이 많았다.

영국인의 유령 애호 기질은 새삼스레 말할 필요도 없으리라. 각지의 유령 팬 서클이나 유령 견학 투어는 물론, 유령이 나온다는 사연 있는 헌티드 맨션(Haunted mansion)이라면 되레 비싸게 팔리는 판국이다.

그렇다면.

탑 근처에서 웃고 떠드는 목소리도, 역시 유령(Phantom)의 것이었을지도 모른다.

"네. 오늘 밤은 감사했어요, 바이런 경."

안경을 쓴 여자가 말했다.

빛바랜 붉은색 머리카락을 지닌 여자—— 아오자키 토코는 달의 탑 입구에서 담소를 나누고 있었다.

상대는 바이런 경.

황금희와 백은희의 부친이자 이젤마의 당주.

그 옆에는 마이오라고 불리던 약사가 서 있었다.

"바래다 드리겠습니다. 미스 아오자키."

"됐어, 마이오. 너도 꽤 마셨잖니?"

제의를 부드럽게 거절하고 나서 토코는 몸을 돌렸다.

외부에는 느릿느릿 우울한 안개가 끼고 있었다.

그녀의 방은 다른 손님들과 마찬가지로 해의 탑에 마련되었다. 마이오가 달의 탑에 틀어박혀 있는 이유는 애초에 이젤마에 납품하는 약사이기 때문이다.

잠시 안개 속을 방황하듯이 들풀을 밟으며 가는 것은 기분 좋았다.

그런 도중.

"…………?"

안경 속의 눈이 가늘어졌다.

안개에 가려졌으나 갑자기 발밑의 모래가 움직인 것처럼

보였기 때문이다. 마치 이쪽의 위치를 찾는 컴퍼스 같은 기묘한 흐름이었다.

곧 그 눈에는 흐릿한 사람 그림자가 비쳤다.

"내 얼간이 제자가 이런 곳에 있었나."

주름투성이 얼굴을 찌푸리며 은발의 노파가 밤안개를 가르고 나타났다.

"……이런, 이노라이 선생님."

토코는 목소리를 죽이며 묵례했다.

그런 다음 노파의 귀에 끼운 기계를 언급했다.

"음악인가요?"

"꽤 괜찮다고, iPod."

이어폰을 빼고 노파가 윙크했다. 드레스 품속에서 꺼낸 것은 최신형이 막 발매된 음악 단말기였다. 까다로운 기질의 마술사는 현대 과학을 기피하는 예가 많아서 아직껏 전화 회선마저 깔지 않은 사람도 눈에 띄는 가운데, 창조과를 대표하는 이 노파는 오히려 솔선해서 현대 과학의 은혜를 누리고 있는 것이었다.

"음악은?"

"물론 록(Rock)이지."

흥이 오른 얼굴로 노파의 손이 흔들리며 리듬을 따랐다.

그런 모습에 토코는 웃음을 억누르는 표정으로 낮게 읊조렸다.

"변함없으신가 봐요. ……혹시, 기다리고 계셨어요?"

"암, 그렇지. 사교모임에서는 도망쳤잖아."

"우연이겠죠."

그 말은 담박하게 넘어가며 토코는 자신의 스승을 쳐다보았다.

이렇게 만나는 건 몇 년 만일까.

잎사귀 스치는 소리가 들렸다.

안개와 뒤섞여서 몹시 먹먹하게 들리는 그 소리는 먼 옛날 시계탑에서 연구하던 시절을 떠올리게 했다. 이미 의식에 떠오르는 일은 좀처럼 없지만, 뇌 어딘가에 할퀸 상처처럼 남은 과거. 그중에서도 너무나 외곬이라 지옥을 닮고 만 태밀(台密)의 승려와 몹시 수다스러운 붉은 코트의 마술사는 그림자처럼 들러붙어 있었다.

전문 분야가 반드시 일치한 것은 아니었지만, 룬을 배우던 시절에 안면을 트고 함께 연마하던 두 사람이었다.

동시에 양쪽 다 자신이 죽음으로 몰아넣은 그림자였다.

감상을 몇 초 만에 내쫓고, 토코는 스승에게로 입을 열었다.

"——로드라니 출세하셨군요."

"시시껄렁한 아첨은 관둬."

노파가 하얀 이를 드러냈다.

그리고.

"봉인지정이 풀린 건 들었지만…… 설마 이젤마의 피로연에 나올 줄은 몰랐다."

이노라이이가 큭큭 웃었다.

"선인(仙人)처럼 사는 게 목적이라면서?"

"선생님께 얘기할 게 아니었죠."

토코는 한쪽 눈을 감았다.

"아직도 그렇습니다. 하지만 아무래도 재능이 부족한 모양이라 좀체 속세를 벗어날 수 없더군요."

"극동에선 선인이 될 소질이나 운명까지 뭉뚱그려서, 선골(仙骨)이라고 한다는 것 같던데."

"네."

"그렇다면 너나 나나 재능이 부족한 동지 사이군. 나도 로드라는 갑갑한 지위보다는 길거리의 안 팔리는 그림쟁이라도 되고 싶었어."

획획 허공에 붓을 휘두르는 듯한 노파의 몸짓에 토코는 참으로 오묘한 표정을 지었다.

"선생님의 그림만은 봐주시길."

말하고 나서 왠지 모르게 품속을 뒤지려고 했다.

그러기 전에 싼 티 나는 담뱃갑이 척 나왔다. 태극무늬가 그려진, 꾸깃꾸깃한 종이 곽이었다.

"피고 싶으면 피워라."

"……용케, 이런 걸 다 가지고 계셨네요."

토코가 뭔가 난처한 듯 말한 이유는, 그 담배의 상표가 자신이 애호하는 것과 일치했기 때문이다. 타이완의 호사가가 본인만을 위해서 골판지 한 상자 몫만 만들었다는 물건으로, 지금에 와서는 이미 손에 들어오지 않을 거라고 단념했었다.

"네가 연구실에 깜빡하고 갔어. 습기 안 차게 마술을 걸어둔 스승님 은혜를 깨우치도록."

"그랬었군요."

토코가 고분고분 손을 뻗으니 노파는 일단 뒤로 빼고 나서 히죽 웃었다.

"돌려주는 대신에 한 개비 줘봐."

"……뭐, 선생님이라면 상관없겠죠."

끄덕인 다음 담뱃갑을 받아들고 품속에서 꺼낸 지포라이터로 불을 붙인다.

담배 연기를 피우며 가볍게 눈썹을 찌푸렸다.

"그리운 맛이에요."

"이쪽도 받자."

노파는 서슴없이 뽑은 담배를 물고서 바로 토코에게 얼굴을 들이댔다.

토코의 담배와 노파의 담배가 끝부분에서 접촉하고, 곧 불이 붙었다. 천천히 떼고 난 뒤 이노라이는 깊게 연기를 빨아들이고, 나머지를 뱉어내면서 말했다.

"야야, 이게 뭐야. 더럽게 맛없잖아. 고문이냐."

"네. 그렇게 얘기했던 것 같은데요."

"핫, 당연히 겸손 떨거나 좋은 걸 감추는 줄 알지."

그런데도 이노라이이는 비벼 끄지 않고 의리 있게 계속 피면서 연기를 눈으로 좇았다.

도시 안이 아닌 지방의 어둠은 빽빽하게 칠한 것처럼 어둡다. 그러나 마술사인 그녀들이 보기에는 사소한 눈의 『강화』만으로 충분히 내다보였다. 그렇기 때문에 예로부터 마술사는 밤의 어둠을 선호한 것이기도 했다.

잠시 동안 그 연기를 즐기고 나서 노파가 말을 꺼냈다.

"궁금한 게 좀 있어서 말이다. ――왜 네가 여기 온 거지?"

"뭐, 이것저것 있어서요."

"뭘 숨기고 그래, 토코."

"옛날처럼 부르지 마시고요."

겸연쩍어하듯 토코가 웃었다.

이 여자에게 있어 미소가 무엇을 의미하는지, 다른 사람이라면 전율로 떨었을지도 모른다. 특히 그녀의 시계탑 시절을 아는 이라면.

그녀의――『색』을 아는 이라면.

"그리고 그 완성도는 좀 비정상적이야. 애당초 이 나라에서도 호수 지방은 일종의 명당이니까 말이지. 행여나 또 모를 일이라고?"

"……네. 까딱하면 연결될 수도 있지요."

'어디에' 라고는 말할 필요도 없으리라.

마술사들이 그 생애를 걸고 목표하는 곳 따위 하나밖에 없다. 아무리 희망이 희박하든 말든, 그들은 몇백 년, 몇천 년의 시간을 그 때문에 소비해왔다. 특히 신대가 끝난 뒤의 도전은 아주 약간의 예외만 제외하면 그저 헛되이 사라질 뿐이었지만, 그런데도 총체로서의 마술사가 포기하는 일은 없었다.

한쪽 눈썹을 들고 이노라이가 어깨를 들썩였다.

"마치 문제가 있다는 것 같은 투잖아."

"아니요. ……그렇지만."

한 박자 띄우고, 토코는 말했다.

"도달하고 말 가능성을 느꼈다면…… 황금희를 노릴 무뢰한들이 나와도 이상하지 않잖아요?"

"……여전히, 불온한 말만 하는 놈일세."

이노라이가 크게 연기를 내뿜어냈다.

토코가 슥 내민 휴대용 재떨이에 남은 담배를 누른다.

"흥. 철석같이 넌 소문에 도는 비보라도 노리는 줄 알았는데 말이야."

"무슨 말씀이죠?"

그 말에 흥미가 끌렸는지 토코 쪽이 되물었다.

"어이쿠. 설마 네가 몰랐을 줄이야. 얼마 전의 비밀 경매에서 나왔거든. 이젤마가 사들여서 화제가 되었던 물건이지. 어느 환상종의 피를 머금은——."

"……과연. 확실히 상등품인데요."

이어진 이노라이의 말에 토코가 살짝 끄덕였다.

"이런, 이쪽도 더 물고 늘어질 줄 알았다만. 한동안 못 만난 사이에 꽤 변했나 보지?"

"아니요? 일단 확보해두자는 짓도 하죠. 필요하면 동생 이름으로 시계탑에서 빚도 지고요. 단지 이번 건 별로 호기심이 자극받지 않았을 뿐이지."

"흥. 하긴 예술가란 그런 법이지."

어깨를 으쓱인 이노라이에게 토코가 되물었다.

"이노라이 선생님도 사교모임에서 바이런 경이 불러 세우던 것 같던데요."

"……역시 쳐보고 있었잖아."

'쳇, 쳇.' 하고 혀를 찬다.

이 노파가 그러면 마치 어린 소녀 같았다. 묘하게 딱 어울리는 건, 그녀가 거쳐 온 세월은 그 본질을 조금도 흐려지게 할 수 없었다는 뜻이리라.

"별건 아니다. 그리고 사교모임이면 한 명 더 목적이 있었는데, 그쪽은 못 만나서 아쉽군."

"어느 분인데요?"

"현대마술과의 로드지."

그 말을 끝으로 노파는 손을 흔들었다.

안개와 밤의 어둠에 은사의 등이 삼켜진 다음.

"……그나저나."

토코는 혼잣말을 뇌까렸다.

안경을 벗고, 관자놀이 주변을 주물렀다.

"왜 이런다지. 역시 영 김이 새고 있어."

그리고 나직이 덧붙였다.

"……뭔가, 까먹고 있나?"

5

새벽녘, 탑 밖은 가볍게 몸서리를 칠 정도로 싸늘했다.

원래 호수 지방은 일교차가 극심하다. 10월이라면 낮에는 20도 가까이 미치는데, 밤부터 새벽이라면 어는점 밑에 이른다.

축축한 안개에 햇빛이 난반사 되어 이곳저곳에 작은 무지개와 기괴한 그림자가 떠올라 있었다. 아마 도플갱어의 바탕으로 취급되는 브로켄의 괴물이란, 독일의 브로켄 산 꼭대기 부근에서 관측되는—— 비슷한 무지개의 산란현상과 그에 따라 안개에 비쳐드는 거대한 사람 그림자가 아니었던가. 그것이 이런 저지대에서 관측된다면 역시 마술사의 거처로서 합당하며, 한때는 다양한 유령 소동으로 사람들을 놀라게 했을 거라고 여겨졌다.

'힉' 하고 등 뒤에서 숨이 멎는 소리가 들렸다.

"음, 무슨 일이지?"

"……아뇨, 저."

그레이가 말을 머뭇거렸다.

후드를 깊이 고쳐 쓰고 부끄러운 내색으로 시선을 돌렸지만.

"이히히히! 또, 또 만날 기승부리는 공포증(phobia)겠지!"

오른손 부근에서 구태여 애드가 고자질했다.

'그러고 보니 유령을 싫어했던가.'

어젯밤은 안개가 끼지 않아서 알아채지 못했지만, 이러한 풍경은 그녀가 질색할지도 모른다. ……응, 참으로 괴로워하는 옆얼굴에 살짝 흥분한 건 덮어두자. 아무에게나 자기 취미를 고백할 필요는 없겠지.

탑과 탑 사이는 대략 10분 남짓.

어젯밤의 사교모임이 거짓말처럼 달의 탑은 쥐 죽은 듯이 고요했다.

가시넝쿨이 엉키고 이곳저곳 금이 간 벽은 접근해보니 더더욱 어젯밤의 건물과는 다른 곳처럼 보였다.

가르쳐준 뒷문을 통해 내부로 들어갔다.

말하던 대로 그쪽 문은 잠겨 있지 않아서 우리는 손쉽게 침입할 수 있었다.

살그머니 복도를 걷는다. 바이런 경의 의도가 구석구석까지 미쳐 있다는 증거로 탑의 내부는 창조과다운 각종 회화가 걸려 있었다.

이것이 괴담이라면 추악하게 웃는 회화가 우리 쪽에게 저주를 걸어올 상황일 것이다. ——실제로 모종의 마술이 걸려 있는 건 확실한 모양이라 내 눈은 가볍게 열을 내고 있었다.

'……나 원 참.'

내가 생각해도 성가신 체질이다. 이만큼 제어를 못해서야 마안이라는 멋있는 명칭보다 화분증 아니냐는 생각이 든다. 덧붙여 영국에서의 화분증은 잔디가 중심이라서, 절정기를 맞이하는 것도 6월부터 7월이었다. 오라비의 말에 따르면 극동에서는 화분증 대책으로 마스크를 하는 게 일반적이라기에, 그건 좀 별난 풍경이라고 골똘히 머릿속에 그린 적이 있었다.

그대로 뒷문의 나선계단을 오른다.

황금희의 방은 3층에 있어서, 몇 군데 늘어선 문을 지나 이 또한 가르쳐준 바와 같은 곳을 노크했다.

"……디아도라 씨, 계십니까?"

목소리를 죽이며 물었다.

답변은 없었다.

아니, 애초에 인기척이 느껴지지 않았다. 조금 전과 반대로 이번 문은 잠긴 상태라 밀어도 당겨도 꿈쩍하지 않았다.

지독하게 불길한 예감이 들었다.

"트림. 부숴!"

"예스, 마스터."

지참해온 슈트케이스에서 수은이 슈르륵 흘러 나와 메이드 형상으로 변화했다. 그대로 오른손만이 전투망치를 만들어 내어 목제 문을 가뿐히 때려 부쉈다.

파편을 밟지 않게, 하지만 화급하게 안으로 들어섰다.

넓은 방이긴 했다.

정리정돈이 잘 되었으며, 지붕 달린 침대 외, 말끔한 가구들이 비치되어 있었다. 슬며시 놓인 해파리 같은 램프는 *에밀 갈레일까. ——동시에 가장 뜻밖인 것은 거울 종류가 없었던 것이다. 여자 방에 거울이 없다고는 생각하기 어렵지만, 그녀들의 마술에선 필연적인 이유가 있을지도 모른다.

"…………."

하지만 나는 금세 모든 사고를 집어던졌다.

어느 붉은색을, 발견하고 말았기 때문이다.

침대였다. 정성껏 세탁한 새하얀 천 위에서 그 붉은색은 장미와 비슷했다. 예술가라면 정녕 그 붉은색의 배치에 감격했으리라. 이런 사태에서도 그녀를 따라다니는 모든 것은

---

*19세기에 활동하던 프랑스의 유리 공예가.

■ ■ 다웠다.

"…………."

황금희는 붉은색의 중심에 있었다.

마치 꽃과 같았다. 원래부터 꽃이란 벌레를 꾀기 위해 강구한 생태라고 한다. 크게 벌어진 꽃잎도, 단숨에 지는 자태도, 다른 생물의 마음을 사로잡기 위해서 존재한다.

그러하다면.

그러하다면.

그러하다면.

……아아.

그러하다면, 지금의 그녀를 어떻게 형용해야 마땅할까.

"…………."

나는 완전히 말을 잃고 있었다.

뇌세포 전부가 정지하고 말았다. 적어도 이 순간은 그러는 편이 훨씬 낫다고 마음속 깊이 생각한 것이다. 고작해야 인간의 인식으로 받아들이기에 그 광경은 너무나도 ■ ■ 답기 짝이 없었다.

"디아도라…… 씨……."

그레이의 턱턱 끊기는 목소리마저 의식 밖에 있었다.

그녀는 눈을 감고 있었다.

그녀는 입술을 다물고 있었다.

그녀는 숨을 쉬고 있지 않았다.

그녀의 목 아래는, 몸통과 이어지지 않았다.

온몸의 부품이 토막토막 찢겨나가고, 황금희의 신선한 머리는 부드러운 시트 위에 놓여 있었다.

제3장

1

황금희의 사망 소식은 곧바로 쌍모탑을 돌아다녔다.

현장보존을 위해 내가 자리를 지킨 채로 그레이에게 전언을 부탁한 것이다. 사태가 사태인 만큼 바로 사람들은 황금희의 방에 모여서 그 현장을 목격하게 되었다.

너무나도 끔찍한 시체였다.

아름다움만이 그대로 남은 것이 도리어 무시무시하다. 그 머리는 살아있는 것과 죽어있는 것 양쪽 모두를 표현하고 있었다. 실제로 다른 사람에 대한 연락이나 사건성의 문제가 없으면 꼬박 하루 내내 시체 앞에서 망연히 있었을지도 모른다.

어쨌든 사교모임 뒤에 남아있던 사람들이 얼추 모일 때까지, 30분도 걸리지 않았을 것이다.

"……라이네스, 씨."

우선, 약사 마이오가 숨을 헐떡이며 달려와 현장의 상태에 눈을 부릅떴다.

원래 대가 약한 표정을 하고 있었지만 이대로 혼절할 것만 같았다. 오히려 그러지 않았다는 점에서 의외의 기개를 찾아내야 했을지도 모르겠다.

다음으로.

“이것 보게. 성가신 얘기가 됐구만.”

그런 말과 함께 머리를 긁은 사람은 아마 사교모임에서 봤던 검은 피부의 남자였다.

“당신은?”

“믹 그라질리에야. 저주과(지그)에 신세를 지고 있지.”

저주과는(지그말리에), 멜루아스테아와 같은 중립파다.

짧게 깎은 머리모양으로, 무슨 스포츠라도 하는지 괜스레 근육질이었다. 물론 그 오라비조차 『강화』의 마술을 쓰면 한손으로 플랫을 들어 올리는 것쯤은 해내지만, 밑바탕이 강인할수록 『강화』가 더욱 효과를 발휘한다는 것은 말할 필요도 없다.

“하, 하하하하. 이건 뭐야.”

세 번째 인물은 방에 들어오자마자 메마른 목소리로 바닥에 주저앉았다.

“……말도 안 돼. 설마, 내 의상이 이런 꼴이 되다니.”

개탄한 사람은 유난히 눈에 띄는 머리 모양의 남자였다.

대량으로 머리를 땋은 그 머리 모양은 아마 블레이즈(Blaze)라고 하던가. 편견에 따르면 흑인 여자 가수 등이 곧잘 하는 스타일인데, 이 남자 쪽은 더욱 복잡하게 땋아놓는 바람에 이미 머리카락으로 짠 직물의 양상을 띠고 있었다.

말투로 봐도 마치 인간보다 드레스 쪽을 신경 쓰는 것 같았다.

"당신은?"

"이슬로…… 세브난입니다. ……황금희, 백은희의 드레스를 만들고 있었습니다."

나중에 들으니 이 세 사람이 처음에 찾아온 이유는 때마침 바로 근처에서 거닐고 있었기 때문이라고 한다. 사교모임에서 돌아가기 전에 황금희와 백은희를 아침 식사 등에 권할 작정이었다고 하니, 참으로 태평한 노릇이었다.

공통사항은 일단 중립주의파라는 점이다.

다만 귀족주의파와 민주주의파와 다르게 이 중립주의파는 파벌 내의 의사통일이 되지 않았다. 주의주장보다 연구를 우선하고 싶다고 생각한 결과, 가문 몇 곳이 모여 있을 뿐이다. 최대 세력의 이름을 따서 멜루아스테아 파라고 정리될 때도 있지만, 요컨대 중립이라는 것뿐이지 언제 내분을 시작해도 이상하지 않은 사이인 것이다.

'따각' 하고 돌바닥에 지팡이를 짚는 소리가 들렸다.

세상이 멸망했나 싶은 신음이 방바닥에 떨어졌다.

"이게…… 무슨 일이냐……. 디아도라……."

"……언니."

떨리는 목소리가, 비극을 추인하는 것처럼 느껴졌다.

피투성이 방에서 이 두 사람의 도래야말로 가장 잔혹했을 지도 모른다.

"……바이런 경, 백은희."

백은희는 처음에 만났을 때와 마찬가지로 베일을 쓰고 있었다.

엷은 베일 너머로 황금희와 거의 동일하다고 여겨지는 풍모가 비치고 있었지만, 그 표정까지는 알 수 없었다.

단지 하얀 시트 위에 새빨간 연못을 퍼뜨린 목을 가만히 응시하고 있는 것 같았다.

만약 베일 뒤가 정녕 황금희보다 못하지 않은 미모라면, 이는 천상에도 존재하지 않을 도착적인 공간이었으리라. 실제로 이러한 상황임에도 불구하고 상상한 내 뇌리는 몇 초가량 그 망상에 끓어오를 뻔했을 지경이었다.

그리고.

"오호라. 대소동이군."

한 명 더, 여자가 나타났다.

지금은 안경을 쓰고 있지 않았다. 빛바랜 붉은색 머리카락을 한 손으로 누르며, 싹 바뀌어서 냉랭하다——고도 여겨지는 어조로 토코는 실내 상황을 둘러보았다.

"이것 참."

고개를 내저었다.

"이건 혹시, 남은 우리가 용의자라는 말이 되는 것 아니야?"

"미스 아오자키."

나무라는 마이오의 말도 개의치 않고 토코는 웃음을 유지하며 말을 이었다.

"탐정소설은 싫어하지 않지. 용의자 입장에 설 줄은 상상도 못했지마는. 굳이 따지자면 난 피해자 쪽이겠지."

'크크크' 하고 어깨를 떨었다.

아무리 봐도 범인 쪽으로밖에 여겨지지 않는 태도지만, 그녀는 황금희의 머리에 이어서 방의 상황을 몇 초가량 바라보다가 더더욱 유쾌한 듯 웃기 시작했다.

"그보다 이건 굉장하군. 아무리 그래도 너무 과해서 웃어버리겠어. 마술사가 이만큼 모인 현장에서 도대체 무슨 의미가 있단 거지?"

"……뭐가, 말이죠?"

참다못해 그레이가 물었다.

"잘 들어봐. 여기 오기 전에 들었지만, 너희가 밀어닥칠 때 황금희의 방은 잠겨 있었겠지? 나도 잠시 신세를 져서 아는데 말이야. 황금희와 백은희의 방에는 미스틱 록이 걸려 있었어. 개개인이 가진 마력의 파장에 대응하는 타입으로, 시계탑에서도 보물고 등지에 쓰이는 물건이지. 다시 말해 황금희 방의 문은 황금희밖에 열 수 없어."

미스틱 록.

같은 말을, 나도 디아도라로부터 들었다. 형식에는 다양한 패턴이 있지만 대체로 개인의 마력(오드)의 파장 그 자체를 열쇠로 삼는 마술예장이다. 상당히 값비싸다든가, 마술사밖에 쓸 수 없다든가, 사용자를 유연하게 바꿀 수 없다는 등 갖가지 결함은 있지만 그 높은 견고성 때문에 다양한 장소에서 활용되고 있다.

그 미스틱 록이 황금희의 방에도 사용되었으며.

실내에서 황금희가 죽어있음에도 불구하고 미스틱 록이 걸려 있었다면.

"그렇다면 말이야. ……이건 즉, 『밀실』이잖아."

순간, 침묵이 흘렀다.

아무에게도 그런 관점은 없었기 때문이다. 마술사에게도 비현실적인── 그녀가 말한 대로, 무슨 의미가 있는지 알 수 없는 현상이었기 때문이다.

"뭐, 우리 마술사가 보자면 밀실에 있는 피해자를 외부에서 죽이는 건 그리 어렵지 않지만 말이지. 예를 들어 네 마술예장── 볼루먼 하이드라처럼이라면 손쉬운 일이겠지."

척척 말을 읊은 토코는 내 옆에 서 있는 수은 메이드를 쳐다보았다.

"원칙적으로는 첫 번째 발견자를 의심할 상황인데…… 심지어 황금희와 마지막으로 만난 사람도 너희 아닐까?"

가슴이 펄떡 뛰었다.

표정에 드러내지 않은 것을 칭찬해주길 바란다. 나는 고동치는 가슴을 남몰래 억제하고 애써 평정을 지킨 음색으로 따져 물었다.

"……어째서죠?"

"바이런 경."

토코의 촉구에 신사가 한 번 끄덕였다.

바이런 경은 몸을 고정하고 지팡이를 손목에 건 채, 그 손으로 손뼉을 쳤다.

그 소리에 이끌려 방의 입구로 들어온 두 그림자는―― 황금희, 백은희를 수행하던 쌍둥이 메이드의 것이었다.

"카리나 씨라고 했지."

그중 한쪽.

황금희 전속이었던 메이드의 이름을 부른 토코는 질문을 풀어냈다.

"카리나 씨. 디아도라와 엘멜로이의 아가씨는 무슨 이야기를 나누고 있었어?"

"저, 저는, 디아도라 님께서 용건을 말씀하고 계실 적에는 자리를 비웠기에……."

아무것도 모른다고, 카리나는 고개를 숙였다.

하지만 그런 핑계가 용납될 리 없었다. 안경을 쓰지 않은 토코는 극히 싸늘하고 만만찮게, 젊디젊은 메이드를 몰아세웠다.

"그래. 자리를 비웠던 건 알아. 하지만 당신은 디아도라가 무슨 용건으로 저 아가씨와 접촉했는지, 어느 정도의 예상이 갔던 건 아냐?"

"…………."

고개 숙이고 있던 카리나는 한동안 침묵하고 있었다.

"카리나."

이 말은 바이런이 뒷말을 재촉한 것이다.

주인의 명령이어서는 저항할 수 있을 턱이 없어, 카리나는 더듬더듬 말을 꺼냈다.

"……디아도라 님께서는…… 엘멜로이로 망명하시기를 희망하고 계셨습니다."

"뭣……!"

그 말에 고백한 카리나 본인과 토코를 제외하고 전원이 술렁대기 시작했다.

'아뿔싸……!'

나는 입술을 깨물었다.

꼼짝없이 당했다. 망명을 받을 마음은 없었다고, 그런 변명이 통할 여지는 있을 리 없다. 또한 사교모임에 어슬렁어슬렁 찾아온 바르토멜로이 파가 우리뿐인 이상, 옹호하는 이도 있을 리가 없었다.

"카리나 언니…… 어째서……."

"레지나."

쌍둥이의 다른 한쪽 이름을, 메이드가 불렀다.

카리나와 레지나. 그런 이름 같았다.

어쨌든 간에 방금 나온 말은 너무나 치명적이기 짝이 없었다.

"……이건…… 도저히 못 본 척할 수 없군."

연극조로 바이런 경이 눈길을 돌렸다.

물론 지금 처음 알았을 리는 없으리라. 이토록 빈틈없이 몰아세워 댄다는 말은, 적어도 사건이 발각된 뒤—— 황금희의 죽음을 알고 이곳까지 오는 동안에는 대강 그 상황은 파악했을 것이다.

"어떻게 된 일인지 설명을 원하오. 엘멜로이의 아가씨."

"확실히…… 그와 같은 상담은 디아도라 님께 받았습니다."

한순간 주저와 함께 내가 입을 열었다.

여기서 침묵하면 상대가 하는 말을 모조리 인정하는 꼴이 된다. 모종의 항변이 있다고 해도 대화하면서 생각을 정리할 수밖에 없었다.

"하지만 맹세코 디아도라 님을 해치지는 않았습니다. 애당초 망명을 제안해온 상대를 죽일 의미가 어디 있을까요?"

“그럴까? 망명이 타결되지 않아서 분쟁이 벌어졌다는 일도 있을 만하지 않나?”

이건 여태껏 듣고만 있던 검은 피부── 믹이 입에 담은 말이다.

‘괜한 말을’ 하고 분노에 어금니를 깨물기보다 먼저, 주위 마술사들의 눈총이 우리의 일거수일투족을 옭아매는 것을 느꼈다. 섣부른 행동에 나서면 그들은 순식간에 나를 살해하고, 안 그래도 쇠퇴한 엘멜로이로부터 남아있는 이권을 모조리 빼앗으려고 할 것이다.

사면초가.

사교모임에서 언급한 사람은 나 자신이 아니었던가.

“……라이네스 씨.”

그레이가 자그맣게 속삭였다.

그 오른손이, 임전태세로── 망토 안쪽에 기어들고 있었다.

“……안 돼, 그레이.”

나는 제지했다.

“그렇지만.”

“쓴다면, 이 자리는 달아날 수 있을지도 모르지. 하지만 엘멜로이는 치명적으로 내몰린다. 그건 나 하나의 생명보다 더 중한 일이야.”

고뇌와 함께 중얼거렸다.

아아, 몹시 안타깝게도 내 가치관으로는 그런 것이다.

그 오라비라면 선뜻 팔아넘길지도 모른다. 지금 살아있는 인간보다 파벌이나 가문이 더 중요할 리 있겠냐며, 그러니까 당신은 이류라고 말할 수밖에 없는 결론을 입에 담을지도 모른다.

그렇지만 나는 오라비가 아니다.

아주 약간, 안타깝게도.

피비린내 나는 방에서 바이런 경이 한 발짝 내디디며 내 쪽을 향해 입을 열었다.

"어쨌든 간에, 소상하게 조사해볼 필요가 있을 듯하오."

"그렇겠어."

나도 끄덕였다.

가능한 한 평정을 가장하며 손바닥을 휙 뒤집었다.

"정중하게 대접해주셨으면 좋겠군. 특히 아침 식사는 맛있는 홍차와 스콘이 한 세트가 아니면 위장이 안 받거든. —— 안 그러면 기왕 협력할 작정이던 마음이 잡칠 거요."

"협력? 어쩔 셈이기에? 라이네스 엘멜로이 아치조르테."

"네. 당연한 것 아닙니까."

풀 네임으로 나를 부른 바이런 경에게 짐짓 익살스러운 목소리로 제안했다.

"범인을 찾아내 보죠. 우리, 엘멜로이의 명예에 걸고."

2

내 말에 일동의 반응은 저마다 달랐다.

멜루아스테아 파의 세 마술사는 가볍게 눈을 깜빡이고, 쌍둥이 메이드는 자신들에게 발언권 같은 건 없다는 듯이 마냥 침묵하고 있었다.

백은희는…… 모르겠다.

그리고.

"하하하하."

아오자키 토코는 소리 높이 웃은 것이었다.

"멋진데. 이게 엘멜로이의 아가씨인가. 솔직히 처음에는 내키지 않던 사교모임이었는데, 제법 유쾌한걸. 그래, 어떨까? 바이런 경. 난 일리 있다 싶은데."

"……일리 있다는 말은, 인정하지."

바이런 경은 무겁게 말했다.

딸의 시체를 앞에 두었음에도 이젤마의 당주는 신사다운 태도를 무너뜨리지 않았다. 어쩌면 마술사로서는 자랑스러운 아버지라고 할 수 있었을지도 모르겠다.

"하지만 당신들이 마음대로 하게 둘 수도 없지. 일단 용의자니까 말이오."

"나라면 어떨까? 바이런 경."

토코가 자신의 가슴에 손을 얹었다.

"내가 저들을 감시하지. 이러면 어때?"

"안타깝소만, 미스 아오자키. 당신도 용의자 중 하나임을 잊지 않았소?"

"……하기는. 이건 난감하군."

빛바랜 붉은색 머리카락의 여자는 어깨를 으쓱이고 깊이 들어서기를 선선히 포기했다.

그녀로서는 불쑥 떠오른 발상 이상의 의미는 없었을지도 모른다. 적어도 그랜드라는 계급을 방패로 밀어붙일 작정은 없는 것 같았다.

"——그렇다면, 나라면 어떤가?"

발소리가 울렸다.

그렇다.

딱 한 명 더, 이 자리에는 인물이 부족했다.

이 처참한 자리에 있어서도 여전히 아무도 항변 못할 정도의 권위를 가진 여자였다.

"늦어서 미안하네. 대강 사정은 들었다만 그런 사정이면, 내가 지켜본다면 문제는 없지 않겠나?"

"……로드 밸류엘레타."

이노라이 밸류엘레타 아트로홀름.

삼대 귀족의 한 축. 밸류엘레타 파의 정점에 위치한 노파.

확실히 이 중에서 가장 신뢰하기 적합한 이라면 달리 없다. 나중에 시계탑이 조사한다고 하더라도 그녀의 증언이라면 거의 의심 받지 않을 것이다.

"불만은 없겠지? 제군."

노파는 유유히 말하고 주위를 둘러보았다.

백은희와 그 메이드인 레지나. 아버지인 바이런 경. 자리에 있는 멜루아스테아 파의 세 마술사들. 그랜드인 아오자키 토코. 물론, 나와 그레이도.

어쩌면 머리만 남은 황금희를.

만족스럽게 끄덕인 노파는 손뼉을 쳐서 해산을 부추겼다.

"자, 그럼 해산이다. ――이다음부터는 탐정이 나설 차례겠지."

*

결과적으로 남은 사람은 우리와 이노라이였다.

로드 밸류엘레타의 말이라면 역시 다른 마술사들도 이의는 없어서 이내 퇴출한 것이었다.

방금까지 긴장하던 바람에 반쯤 마비되어 있었지만, 찰싹 들러붙은 피 냄새는 토할 것 같은 수준으로 농후했다. 흑마술(위치크래프트) 수업으로 어느 정도 이력은 났지만, 인간 한 명 몫의 피쯤 되면 이토록 냄새가 농후하게 나는 법인가.

아직 건드리지도 않았는데 내 구강부터 위장까지 쇳내로 들어찰 것만 같았다.

“그래, 어디부터 조사할 셈인가?”

“……가능하다면, 방의 배치와 시체부터.”

가슴에 손을 짚고 토악질을 참으면서 이노라이에게 대답했다.

“그렇군. 그럼 마음껏 하게나.”

노파는 턱짓했다.

조금도 반론이 없는 게 당최 불편하다.

아니 물론 협력적인 건 달가운 노릇이지만, 이 상대는 참으로 궁합이 안 좋았다. 솔직한 상대에게는 에둘러서, 에두르는 상대에게는 솔직하게 치고 들어가는 게 내 방식인데, 양쪽 다 깔끔하게 반격기를 맞고 누울 느낌밖에 없다. 단순히 나잇값 하는 경험이라기보다 아예 시작점부터 궁합이 안 좋은 게 아닐지.

또래라면 의외로 친구가 될 수 있었을지도 모르겠지만.

어쨌든 나는 가능한 한 주의 깊게 방의 상황을 살피기 시작했다.

"…………."

방 넓이는 웬만한 카페 수준.

주요 가구는 지붕 달린 침대에, 해파리와 비슷한 램프가 놓인 책상. 인상파 같은 회화가 몇 점. 극히 점잖게 생긴 책장에는 초보의 마술서(그리므와르)로 여겨지는 서적이 꽂혀 있다. 모두 다 황금희의 이름에 어울리는 온갖 호사를 부린 물건이지만, 종류로 치면 최저한만 모았다는 느낌이었다.

창문은 하나, 문은 하나. 천장의 채광창도 일단 있지만, 뭐 인간이 드나들 만한 게 아니다. 이걸 고려하겠다면 애초에 벽을 통과할 수 있는 마술은 뭐였나 생각해보는 편이 낫다.

그리고, 중요한 시체는…….

"……이건 또 철저하긴."

새삼 중얼거릴 만큼, 이 시체는 완전히 토막이 나 있었다.

몸통도 사지도 깔끔하게 절단되어서, 단면은 얼결에 눈을 부릅뜰 만큼 선명했다. 저항한 흔적은 찾아볼 수 없다——. 단면의 상태로 봐도 저항 따위 할 겨를도 없이 살해당했다는 뜻일까. 사령마술(네크로맨시)에 뛰어난 이라면 정말로 경찰급의 검시가 가능할지도 모르겠지만, 나하곤 도무지 인연이 없는 마술이었다.

……기껏해야, 몇 가지 사건 때문에 시체에 익숙해졌을

뿐이다.

“트림, 조각을 모을 수 있을까?”

“알겠습니다.”

내 말에 따라서 트림마우가 척척 부지런히 움직이기 시작했다.

그 모습을 보면서 이노라이가 가볍게 눈웃음쳤다.

“하긴…… 이만큼 토막이 나서야 흉기도 모르겠군.”

애초에 흉기에 마술을 포함한 순간, 온갖 사인(死因)이 가능해진다. 토코가 시사했듯이 트림마우 하나면 대체적인 물리적 무기는 모방할 수 있을 거다. 『밀실』이 의미를 띠지 못하듯이 『흉기』의 개념 또한 거의 무의미하다.

“……그렇다면 왜 『밀실』이 되고 말았는지가, 단서가 됩니다.”

“옳거니.”

노파가 끄덕였다.

“즉, 자네는 우연히 『밀실』이 완성되었다고 판단한단 말이군.”

“네.”

긍정한다.

“추리소설 같은 곳에서 말하는 『밀실』은, 범인의 단서를 없애기 위한 것이죠. 이치상으로는 아무도 죽일 수 없으니까 범인 같은 게 잡힐 리 없다――. 그런 무언의 주장을 담은 것이겠죠. 하지만 용의자가 전원 마술사여선 그런 주장에 아무 의미도 없습니다."

그렇다.

애초에 『밀실』 따위야 펑펑 만들어낼 수 있다. 원격으로 거는 저주 하나만 해도 다양한 종류가 있다. 예를 들어 물의 요소로 혈액을 막아 뇌경색을 일으켜도 좋고, 불의 요소를 과도하게 해서 심근경색을 일으키는 행위도 별반 어렵지는 않다. 물론 이 경우에는 상대도 마술의 소양이 있으므로 방금 말한 것만큼 저주가 쉽게 성립되지는 않지만, 『밀실』이라는 개념이 본래 가진 불가능성하고는 아득하게 멀다.

그래서 나는 이 『밀실』은 우연일 거라고 추측한다.

노려서 만든 게 아니라 어쩌다가 『밀실』이 되었다.

그것이 바로 어떤 단서로 연결되는 게 아닐까 하고――.

"――이게, 아닌가."

음. 당최 안 떠오른다.

애초에 난 이런 좀스러운 생각이나 할 성격이 아닌 것이다. 추리소설 같은 건 뒤쪽부터 읽고서 '후후후 나만은 범인을 알고 있지.' 하는 우월감과 함께 읽어나가는 타입이고.

다만 이번 일에 관해서는 다른 사항이 마음에 걸렸다.

여성이라면 반드시 방에 있어야 할 물건이 일절 눈에 띄지 않았기 때문이다.

"……왜, 거울이 없는 걸까요?"

내 말에 이노라이이가 입을 열었다.

"새삼스레 자기 얼굴 같은 건 보고 싶지도 않은 건 아니겠나?"

"그토록 아름다우면 대개 나르시시스트가 되기 마련이지 않을까요?"

비난할 수는 없으리라.

예술도 그 지경까지 가면 질릴 턱이 없다. 평생 그 얼굴만을 바라보며 죽어가는 것을 갈망하는 사람은 순식간에 장대한 줄을 세울 것이다. 사람에 따라서는 그 줄이 바로 천국으로 가는 계단이라고 지칭할지도 모른다.

어쩌면 *13계단일지도 모르겠지만.

"하하하. 이해할 만한 논리지만 젊어서 나오는 오만이군. 나만큼 나이를 먹으면 거울일랑 보고 싶지도 않아지네. 이렇게 될 바에는 차라리 더 젊은 시절에 성형수술이라도 받아둬야 했을까 하고."

"……로드 밸류엘레타."

무심결에 토를 달자 노파는 유쾌한 듯 입술 끝을 일그러뜨렸다.

"크크, 거짓말이야. 사실은 지금도 매일 30분 넋 놓고 거울을 보고 있다면 믿겠나? ——아니 미안하네. 그만 놀려먹고 싶어진 바람에."

*13단으로 이루어진 계단은 관례적으로 교수대의 계단을 뜻한다.

"…………."

평소와 반대 입장인 까닭에 대단히 자리가 불편했다.

아니, 솔직히 그것도 슬며시 흥분되지만, 이상한 쪽에 눈을 뜰 것만 같기에 봉인해두겠다.

"그런데, 좀 더 물어봐도 괜찮겠나?"

"뭐든 말씀하시길. 로드 밸류엘레타의 물음을 거절할 만한 혀는 없는지라."

"후후, 기분 좋은 말을 해주는데."

주름투성이 얼굴을 쭈그러뜨린 노파는 서슴없이 질문을 내던졌다.

일상회화 같지만 본질을 찌르는 물음이었다.

"그렇게까지 엘멜로이를 부흥시키고 싶은 건가?"

"딱히 엘멜로이 가문 자체에 별다른 집착이 있는 건 아니에요. 이런 건 결국 상황에 따른 것이죠."

나는 대답했다.

"애당초, 엘멜로이 파에선 밑바닥이었으니까요. 제 쪽에 돌아온 것도 상위 가문이 남김없이 이반하거나 멀어진 끝에, 혈연인 자제 중에서 아직 마술각인을 이식받지 않은 후보 중에선 원류각인의 적응률이 우연히 툭 불거졌다고…… 대충 그런 이유입니다. 뭐, 엘멜로이 파 대부분은 원류각인을 포기가름해왔으니 그럭저럭 적응률이 있는 것도 당연한 거고요."

포기가름이란, 본가가 되는 마술사로부터 마술각인의 극히 일부를 이식받는 행위를 가리킨다.

본디 초대가 되는 마술각인은 유실된 환상종이나 마술예장의 파편 따위를 핵으로 삼아 몸에 심어 넣어서 만들어진다. 이물질을 심는 꼴이기 때문에 평범하게 부모에게서 마술각인을 물려받을 때보다 당연히 훨씬 더 거절 반응이 세다. 몇 대씩 걸쳐 이 거절 반응에 버티고 핵이 된 이물질을 자신의 마술로 물들임으로써 마술각인은 간신히 완성되는 것이다.

그러나 현대에 이 수단을 택하는 마술사는 거의 없다.

그런 쪽 집안도 아닌데 마술사가 되겠다는 유별난 작자가 없다는 이유도 있지만, 그러한 사람이라도 대부분은 유력 가문으로부터 포기가름 받기 때문이다. 물론 타인에게서 이식받는 것인 이상, 본래 가진 마술각인의 기능── 고정된 신비로서의 역할은 거의 내버리는 꼴이 된다. 그래도 처음부터 마술각인을 만들어내는 행위에 비하면 훨씬 젊은 세대 안에 쓸 만하게 되리라고 기대할 수 있으며, 그 방향성도 더 제어하기 쉽다.

물론 모태가 되는 각인에도 손상은 가지만 이 정도라면 조율사의 시술을 받아서 몇 개월에서 1년 정도 기간 내에 회복이 가능하고, 포기가름 받은 집안으로부터는 절대적인 충성을 기대할 수 있다. 결과적으로 많은 파벌에서는 포기가름을 통한 분가 설립이 기본이고, 근본이 되는 본가의 마술각인을 원류각인이라고 부르는 관습이 생겼다는 얘기다.

'……뭐, 그런 충성도의 구축도 중요한 원류각인을 가진 본가 당주가 막상 죽으니 아무 의미도 없었지만.'

몰래 속으로 악담했다.

이것 참, 선대 로드 엘멜로이의 성배전쟁 참가는 젊음이 부른 폭주라고 곧잘 말을 하지만, 정말로 놀이라는 생각이었던 거겠지. 아니면 누군가, 우수한 자신을 과시하고 싶은 상대라도 있었던 걸까.

"그렇군. 그런데 엘멜로이에 집착이 없으면 이만 되지 않았나? 자네도 자네 오라비도 충분히 잘했어. 지금이라면 상당한 가격으로 엘멜로이를 팔아치우는 것도 가능하겠지. 어느 파벌이 사가도 썩 나쁜 처지는 안 되지 않을까?"

"……아아."

물론, 그 생각이 없었느냐면 거짓말이 된다.

분명히 말해서 파벌 항쟁 따위 엿 먹을 짓이다. 연구하느라 독이 오른 멜루아스테아 파는 또 몰라도, 귀족주의니 민주주의니 해서 총질하고 있는 두 파벌은 냉큼 정신 차리라고 등을 걷어차고 싶어진다. 너희는 속세를 초월했다느니 하면서 왜 권력투쟁에 눈이 벌게졌냐고.

그렇지만.

"눈앞에 적이 있다. 맞서기 위한 수단이 있다. 그런데 싸

우지 않을 이유는, 저는 못 찾겠습니다."

내 입은 그렇게 고하고 있었다.

응, 뭐 미안. 까놓고 말해 나도 엿 먹을 연놈 중 하나임은 틀림없는 것이었다. 이게 오라비였으면 그나마 나은 이유가 있을지도 모르겠지만.

"과연. 골수 파이터군."

상찬이라기보다 어떤 데이터를 분석하는 어조로 이노라이가 말했다.

어디까지나 잡담의 범주였는지, 노파는 거기서 화제를 바꾸었다.

"그럼, 황금희가 망명을 희망했다는 건 사실인가?"

"안타깝지만 사실이죠."

이 부분은 순순히 인정해두었다.

사실을 다져두지 않고 섣불리 거짓말하면 도리어 상황이 악화되는 건 잘 알고 있다. 하긴 옛날 엘멜로이 파에서는 상당한 빈도로 보이던 광경이지만.

"흠. 이유는?"

"바이런 경이 자신들—— 황금희와 백은희를 빛어내기 위한 술식이 이미 비효율적이 되고 말았기 때문이라더군요. 그렇다면 자신들의 몸을 지키기 위해 망명하는 것도 의무 중 하나라고."

그래. 의무라고 말했다.

권리가 아니라.

다시 말해, 자신의 몸도 근원의 소용돌이에 이르기 위한 수단으로밖에 생각하지 않는다———. 그녀 또한 마술사로서 당연한 의식을 갖추고 있었다는 뜻인가.

"……오호라. 있을 법한 얘기이긴 하군."

이노라이도 끄덕였다.

"내가 봐도 황금희의 완성도는 월등했어. 단계가 바뀌면 종전의 방법론이 쓸모없어지는 건 흔한 일이야. 바이런 경도 머리가 유연한 편이라고는 말 못하고."

짚이는 구석이 있는지 은발의 노파는 자신의 관자놀이를 톡톡 두드렸다.

"그렇다면 백은희가 모종의 정보를 알고 있을 가능성은 있지만."

"한 명씩 사정 청취하는 걸 도와주시겠습니까?"

"안타깝지만 거기까지 가면 공사혼동이지. 이번의 나는, 어디까지나 자네들 감시역이니까."

딱 잘라 내친다.

어조와 태도는 스스럼없어도 공사를 분간하는 면모는 과연 로드라고 할까. 하긴 안 그러면 일대 파벌의 우두머리 노릇은 못 해 먹겠지. 최약 최소 파벌인 엘멜로이와는 사정이 다른 것이다.

"……대체, 언제부터일까요?"

별안간 등 뒤에서 중얼거리는 말이 들렸다.
그레이였다.
"무슨 말이지?"
"……앗, 아뇨. 황금희 말이에요. ……물론 어릴 적부터 예뻤을지도 모르지만, 사람이란 커가는 과정에서 얼굴이 변하는 법일 테니까……."
"…………."
묘하게, 걸리는 말이었다.
다만 어느 부분인지는 잘 표현할 수 없었다.
대신에 다른 건으로 불렀다.
"그레이."
"왜 그러시죠?"
갸웃한 후드 쓴 소녀에게 물어보았다.
"아마 박리성에서 있었던 사건에서는 조사를 위한 마음가짐인지 뭔지를 오라비가 말했었지. 그 왜, 마술사에게는 정상적인 추리가 의미가 없다든가."
"아…… 네."
회색 후드를 쓴 소녀는 끄떡인 뒤 주섬주섬 말했다.
"어어, 저…… 후더닛이랑…… 하우더닛은…… 마술사가 관련된 사건에는 의미가 없다……든가."
확실히, 무슨 탐정소설 용어였던 건 나도 기억하고 있었다.
후더닛(Whodunit)은, 누가 했는가.

하우더닛(Howdunit)은, 어떻게 했는가.

그렇군. 마술사에게 있어 그 두 가지는 너무나 박약하기 짝이 없다. 사용하는 마술조차 특정할 수 없는 이상, 요정의 고리를 통한 벽 통과든 저주를 통한 원격 살인이든 간에, 거의 무한하다고 해도 무방할 정도의 가능성이 있을 수 있기 때문이다.

"하지만 와이더닛(Whydunit)은 예외일지도 모른다…… 고 했어요."

"……아아, 그건 합당하군."

나는 수긍했다.

마술사는 일종의 초인으로서 물리법칙마저 속여먹지만, 사상만은 못 속인다.

어떻게 보면 그 때문에 존재한다고 해도 되는 생물이기 때문이다. 다다를 수도 없는 「　」에 향하기 위해, 그저 그 행위에 모든 의지를 집약한 존재. 집약하고 마는 개념들.

……이러쿵저러쿵 말해도, 나도 그중 한 명인 것이다.

"마스터."

트림마우가 무감정하게 소리를 높였다.

"나열을 마쳤습니다."

그 말대로, 침대의 시트 위에 옛날의 황금희가 재현되어 있었다.

직소(톱) 퍼즐이란 이름대로, 전기톱으로 스무 군데 가까이 절단한 듯한 시체. 그 아름다움은 이미 죽어있다는 사실을 잊고 구역질을 부를 정도였다.

"몸의 조각은…… 다 모였군……."

죽은 이의 신체 부위는 종류에 따라서는 어떤 마술에 써먹을 때도 있다.

예를 들어 아까도 거론한 네크로맨시 등이 그렇다. 서양의 경우라면 대다수는 점성술(astrology)과 서로 영향을 주고 있으며, 황도 십이궁에 따라서 신체 부위에 영적으로 의미를 매겨 다양한 마술사의 촉매(catalyst)로 이용하는 것이다.

박리성 아드라의 사건에서도 이 황도 십이궁과 일흔두 천사를 본뜨면서 마술사의 신체부위를 빼앗고—— 그 뒷면에서 마술각인을 회수하고 있었다는데.

"애초에 마술각인은 없나 보군. ……하긴 황금희, 백은희는 이른바 마술의 성과물이니 마술각인 자체는 시술하는 쪽인 바이런 경이 보유하고 있겠지."

"……그렇군요."

그렇다면 그 마술에 경도된 모습은, 아버지와 가문에 바치는 헌신인 것일까.

나는 피 냄새로 말미암은 구토감과 미학적인 도취감의 상극에 시달리면서 한동안 시체 조각을 관찰했다. 자칫하면 영혼을 빼앗길 듯한 느낌은 숫제 악마의 손으로 빚은 미술 같았다. 내가 마술사이기 때문이란 이유도 있지만, 이만큼 모독적인 마(魔)의 미혹을 신의 것으로 비유할 마음은 도저히 들지 않았다.

"윽……?"

희미하게 눈이 쓰렸다.

부서진 문 가장자리 쪽이다.

목재 파편과 돌바닥 사이에 손가락을 뻗어서 가볍게 훑으니 뭔가가 들러붙어 있었다.

'……이건…… 가루……? 아니 재인가……?'

내 눈이 아프다는 말은, 원래는 모종의 마력을 띠고 있었다는 뜻이다. 마술사의 거처임을 감안하면 별로 이상할 건 없다.

"……라이네스 씨?"

"왜 그러는가?"

그레이와 이노라이가 물었다.

"……아니요."

손수건에 싸서 슬쩍 품속에 숨겼다.

열이 나기 시작한 안구를 눈꺼풀 너머로 만지고 미소 지었다.

"……아무튼 생각을 정리하겠으니, 일단 방으로 돌아가죠."

3

아침 해가, 탑의 그림자를 진하게 대지에 아로새기고 있었다.

시원한 가을의 남풍(Notos)에 녹색 초원이 물결치고 있다. 이러한 상황이 아니라면 황금희와 백은희를 만들어낼 수 있는 환경은 역시 풍광이 근사하다고 감탄했을지도 모르겠다.

단, 지금은 그럴 경황이 아니었다.

중첩된 피로 때문에 햇빛을 받기만 해도 흡혈귀처럼 녹아버릴 것 같다. 아아, 실제 흡혈귀―― 흡혈종이 태양이 취약이냐면 이건 또 꽤 케이스에 따라 갈리는데, 해의 탑으로 돌아갈 때까지 마냥 태양을 원망한 건 사실이다.

조금이나마 피로를 경감하기 위해 트림마우도 슈트케이

스로 집어넣으면서 평소의 안약만 투약한 다음 주저앉듯이 침대 가장자리에 내려앉았다.

서늘한 방의 벽은 어제와는 전혀 다르게 느껴졌다.

애당초 마술사의 거처다. 우호적인 관계라고 할 수 없어진 이상, 환경 자체가 거대한 적으로 변해 무형의 압력을 가한다. 마치 실내가 거인의 내장으로 변모한 것 같은 오한을 금할 길 없었다.

아아, 요컨대 평범한 벽의 얼룩이 사람 얼굴로 보이거나 하는 그거다.

과학적으로는 삼각형으로 배치된 점을 인간의 뇌가 얼굴이라고 인식하는—— 듣자니 시뮬라크라(Simulacra) 현상이라고 해서 최근의 디지털 카메라 등에도 채용되고 있다는 모양인데, 마술은 그런 마음의 빈틈에 숨어든다. 일반적인 심리를 통해 가드를 뜯어내어 최저한의 마력으로 최대한의 효용을 부르는 건 예컨대 주술에서는 기본 중의 기본이라고 한다.

반대로 자기 자신에게 암시를 걸어서 『신비를 실행하는 시스템』으로 재구성하는 것은 대부분 마술의 기본이며, 대다수 공방은 이를 위한 기능을 도입하고 있다.

'……또, 쓸데없는 생각이 섞여들었군.'

가볍게 고개를 젓는다.

사고가 딴 곳으로 빠지는 건 지쳤다는 증거다. 필요한 일에 집중하고 있을 만한 에너지가 부족한 것이다.

"……라이네스 씨, 어떡하실 거죠?"

"응. 일단 보험은 들어놨다만. 뭐, 이쪽으로서는……."

말하려던 순간에, '꼬르륵' 하고 귀여운 소리가 울었다.

눈앞의 그레이가 창피한 눈치로 자기 배를 잡고 있어서, 그 때문에 아침 식사를 못 했다는 사실을 깨달았다.

"일단 밥이나 먹을까."

"……네, 네, 넷. 하지만 이럴 때 이젤마로부터 아침밥을 받을 수도."

"홍차와 스콘은 요구했지만 말이다. ——뭐, 네가 이젤마의 식사를 사양하고 싶다면, 이런 건 어떻겠나?"

그렇게 말하고 나는 슈트케이스에서 몇 가지 병조림을 꺼냈다.

보존용 비스킷 위에 리버 페이스트를 바르고, 적당히 피클을 얹고서, 한 장 더 비스킷으로 끼워 넣으니 그럭저럭 볼만해진다. 요령은 부모님 원수인 양 페이스트를 두껍게 바르는 것인데, 다소 모양이 안 좋아도 페이스트의 질만 좋으면 반드시 맛있어진다.

덧붙여서.

"트림."

"예스, 마스터."

그 사이에 수은 메이드에게 홍차 준비도 시켰다.

물은 지참해온 미네랄 워터였다. 수은 메이드의 손 중 한 쪽이 곧바로 티 포트 모양으로 변형해 내부의 물을 끓이기 시작했다. 응, 편리하다, 편리해. 참고로 열에너지를 꾸며내는 건 내 마술회로로는 좀 어렵기에, 마찬가지로 지참해온 알코올램프의 연료를 트림마우의 변형된 손아귀에 집어넣었다.

끓인 물속에서 찻잎이 헤엄치기 시작하고, 금세 좋은 향이 방을 채웠다.

"……라이네스 씨, 이런 걸 늘 준비하고 있으세요?"

"뭐, 대개는 말이지."

실은 엘멜로이를 물려받기 전에는 자주 도망생활을 하는 바람에 최저한의 보존식량을 들고 다니는 버릇이 든 것이다. 설마 이런 타이밍에 도움이 될 줄은 생각도 못했지만.

트림마우가 홍차를 타는 것에 맞추어 냅킨에 페이스트를 바른 비스킷을 늘어놓았다.

"옛다. 식기 전에 먹자."

"……아, 네. 오늘 내려 주신 은혜에 감사를 올립니다."

십자를 긋고 소녀가 페이스트를 중간에 바른 비스킷을 입에 대었다.

순간 눈을 깜빡거리다가 그다지 크지도 않은 비스킷을 한 조각씩 소중히 맛보며 먹기 시작한다.

나도 트림마우가 탄 홍차를 한 모금 머금었다.

신맛이 강한 향기가 지친 머리에 잘 울렸다. 절반쯤 마신 뒤에 이번엔 우유와 설탕도 듬뿍 넣었다. 평상시라면 첫 잔은 스트레이트로 즐기지만, 이번은 다소 조급하게 뇌가 당분을 원하고 있었다.

눈을 감고 천천히 위장 밑바닥에 식사가 떨어지기를 기다렸다.

마음에 인 잔물결이 가라앉고 사고가 원래 형태로 돌아오는 것을 느낀다.

"자, 아까 황금희 말인데——."

내 쪽도 비스킷을 입에 물었을 때.

"——이히히히히히히. 또 살인 사건이잖아. 슬슬 뭐라도 씐 게 아니냐! 아니아니 뭐에 씐 건 당연한가! 넌 영국에서도 가려 뽑은 묘지기고, 마술사가 주위에서 저주받는 것도 필연이지! 우케케케케케케!"

요란스러운 목소리가 방에 울렸다.

귀에 거슬릴뿐더러 대단히 재수가 없는 내용에 내 입술은 절로 웃음을 띠며 그레이에게 끄덕이고 말았다.

"……라이네스 씨."

"응. 그래라, 그레이."

내가 인정하자 '찰캉' 하고 고정구 풀리는 소리가 나고,

그레이의 오른손에 새장과 비슷한 형상의 『우리』가 나타났다. 눈과 입이 달린 기묘한 상자는 갑자기 튀어나온 상황에 동요해서 그레이와 나를 번갈아 쳐다보았다.

"어? 오? 그, 그레이 설마?! 아니 잠깐 진정해 내가 잘못했다 그러지 말아줘 라이네스 아씨!"

"……좀, 수다가 심해요."

무표정하게 이른 그레이의 다음 행동은 뻔하기 짝이 없는 것이었다.

오른손으로 단단히 거머쥔 채로 과감하게 『우리』를 아래위로 확확 흔들었다.

"흐끼아아아아아아아아아아아아아아아아!"

비명은 지옥의 죄인이 이러랴 싶도록 방에 울려 퍼졌다. 으음, 내가 흡족해하기에는 다소 교태가 부족하지만 참아두자.

한바탕 비명을 즐기고 나서 끄덕이자, 그레이가 그에 맞추어 손을 멈추었다.

눈이 빙빙 돌아가는, 요상한 상자 하나 완성이다.

"……이, 이 악마……."

원망 어린 목소리도, 뭐 페이스트의 입가심쯤 될까.

거기서 나는 시선을 내렸다. 트림마우를 넣은 슈트케이스 안쪽에서 쿵쿵 치는 소리가 난 것이다. 사전에 결정한 경계

용 신호였다.

"귀중한 의견 배청해 두지. ――그런데 그레이, 뒷이야기를 하고 싶었는데, 아무래도 손님이 왔나 보군."

"……네."

소녀가 정신을 못 차리는 상자의 표면을 어루만지자, 후드 오른손 쪽으로 스르륵 빨려들었다.

다음 순간, 노크도 없이 문이 열렸다.

"괜찮겠나?"

"경우 없이 밀어닥치는 건 칭찬 못하겠군요."

이렇게 대꾸한 뒤에 내 눈이 슬며시 가늘어졌다.

짧게 깎은 단발에, 근육질 몸매.

천천히 홍차를 한 모금 머금으면서 그 이름을 기억해냈다.

"당신은…… 믹 그라질리에."

"예스!"

검은 피부의 남자는 서투르게 한쪽 눈을 감고 긍정했다.

세 사람 남아있던 멜루아스테아 파의 마술사 중 한 명이었다.

"무슨 용무인지."

"아니, 방금 묘한 비명이 들리지 않았어? 케이지째로 힘껏 내던져진 길고양이 같은 소리."

"기분 탓이겠죠."

천연덕스레 대답하고 그레이에게 대기하도록 시선으로

표시했다. 뜻밖일지도 모르지만 가장 빨리 전투태세로 들어간 게 이 소녀였다. 시계탑과 막상막하로 가혹한 환경에서 자라온 건 겉치레가 아니다. 그런 의미로는 그녀에게서 때때로 떨어져서 자란 여동생 같은 인상을 느꼈다. 아니, 엄밀하게 나하고 어느 쪽이 더 연상인지는 물어본 적이 없지만.

"그렇군."

남자가 옆으로 손을 슥 뻗었다.

그 손가락이 무슨 표식을 만들고 있었다. 아시아의 밀교 ―― 탄트라 부디즘의 강의에서 본 듯하다고 내가 미심쩍어하는 것보다 먼저.

그리될지어다
"ओम."

'딱' 하고 천박할 만큼 큰 소리가 메아리치고, 모종의 마력이 방의 내부를 베일처럼 덮는 것을 느꼈다. 우리에게 해를 끼치려는 느낌의 마력은 아니었지만, 눈앞에서 마술이 행사됐는데 잠자코 있을 수도 없었다.

"무슨 속셈이죠?"

"일단 결계 정도는 쳐둬야지. 누가 듣고 있어도 이상하지 않으니 말이야."

제멋대로 끄덕이고 호들갑스럽게 남자가 묵례했다.

"보는 바대로, 내 마술은 탄트라 요가의 자기류라서. 집안이 안 좋다 보니 이것저것 뒤섞었지. 자, 술수를 밝혔으니 조금은 신용해줄 수 있을까?"

"……즉, 남에게는 들려주지 못할 얘기를 하겠다?"

"하하, 뭐 그렇긴 한데."

머리를 긁고 검은 피부의 남자는 능글맞게 웃었다.

좋아하는 웃음은 아니었다. 어릴 적부터 여러 번 봤던—— 요즘은 다른 종류의 것도 보게끔 되었다—— 허울뿐인 웃음.

그리고 그는 검지를 슬쩍 입술에 대고 속삭였다.

"사실, 난 스파이거든."

"……뭐?"

너무나도 태연하게 하는 말에 내 눈썹이 어중간한 지점에서 멈추고 말았다.

믹은 능글맞은 웃음을 지은 채로 말을 이었다.

"애초에 이 사교모임에는 어느 파벌의 높은 분께 의뢰를 받고 조사할 생각으로 잠입한 거라서 말이야."

거기까지는, 간간이 있는 일이다.

시계탑의 파벌 항쟁은 극히 복잡하다. 이중 스파이나 삼중 스파이도 썩 드문 사례가 아니고, 원류각인을 통한 분가도 이러한 배신을 조금이나마 줄여두고 싶다는, 일종의 눈물겨운 노력의 결과였다.

"그래서 그 스파이분이 제게 무슨 용무라죠?"

"당신과 거래를 하고 싶어. 엘멜로이의 아가씨."

그는 이렇게 말했다.

"저와? 이제 와서 뭘?"

되도록 주의 깊게 물었다. 스파이 따위에게 선불리 언질을 줬다간 엘멜로이 같은 약소 파벌쯤은 그것만으로도 뿌리가 뽑힐 수 있다.

그러나 그의 말은 예상했던 어느 것과도 달랐다.

"——이대로, 이젤마를 붕괴시키지 않겠나?"

*

음색은 익살스럽지만, 절실한 의미를 동반하며 방에 울려 퍼졌다.

이젤마를 붕괴시킨다.

그것은, 바로 삼대 귀족 밸류엘레타에 대한 선전포고나 마찬가지다. 황금희의 죽음도 겹치면 시계탑 전체를 진흙탕 속의 전쟁으로 끌어들일지도 모르는 한 수였다. 그럼에도 그런 터무니없는 제안을 입에 올린 남자는 실실 웃고만 있을 따름이었다.

"……라이네스 씨."

등 뒤에서 들린 그레이의 음성도 희미하게 떨고 있었다.

정확히 따지면 마술사가 아닌 그녀라도 이게 얼마나 광기로 채색된 말인지 이해하는 것이다. 가볍게 던진 한마디가 한 세계를 멸하는 주문인 것처럼 그녀는 소리 내며 침을 삼켰다.

나는 트림마우가 든 슈트케이스를 슬쩍 끌어당기면서 신중하게 물었다.

"……무슨 뜻이죠?"

"무슨 뜻이고 자시고, 말 그대로인데."

믹이 어깨를 으쓱였다.

전혀 켕기는 기색 없는 태도로 자기가 스파이라고 말한 남자는 내 쪽을 응시했다. 히죽히죽 웃는 얼굴 속에서 눈만이 웃고 있지 않았다. 실험 중의 모르모트라도 바라보는 눈이다.

눈을 떼지 않고 나는 물었다.

"범인이 자기라고 고백하는 겁니까?"

"아니아니아니."

믹은 두 손 들고 익살맞은 태도로 고개를 내저었다.

"이건 우연이야, 우연. 아니 진짜로. 황금희가 그런 식으로 죽을 건 전혀 생각도 못했어."

의기소침하다는 듯 고개를 푹 숙여 보였다.

"그런데 우연도 일단 일어났으면 필연으로 수습되지. 황금희가 죽었다는 건 이미 단순한 사실이잖아. 이다음부터는 그런 전제로 움직일 수밖에 없어. 아니 예를 들면 말이야.

예로 들어서 하는 말인데, 엘멜로이 파—— 귀족주의에게 있어, 밸류엘레타의 약체화는 바라는 바 아니야?"

믹은 말할 필요도 없는 말을 입에 올렸다.

일반적이라면 언외로 암시해야 할 내용을 이토록 대놓고 얘기하는 이유는, 우리를 젊은이라고 얕잡아보는 거든지, 어차피 약소 파벌이라고 깔아보는 시선으로 겁주는 거든지. 뭐 그 양쪽 다겠지.

"…………."

내 뇌리에 몇 가지 생각이 스쳤다.

살짝 한숨을 쉬고 입을 열었다.

"목적이, 뭐죠?"

"뭐라니? 방금 말한 참이잖아?"

나는 어리둥절해 하는 믹에게 일부러 꾸밈없는 어조로 따져 물었다.

"당신들 멜루아스테아 파는 어디까지나 중립일 터. 민주주의의 밸류엘레타가 약체화하든 말든 아무래도 상관없는 일 아닙니까. 그렇단 말은, 목적은 따로 있다고 보는 게 일반적이지."

"……하하하. 역시나, 안 속아주나."

짐짓 티 나게 믹은 어흠 헛기침했다.

물론 속일 심산 따위는 털끝만큼도 못 느꼈다. 단순히 결론을 내 쪽이 말하게 하고 싶었을 뿐이겠지. 인간이란 스스로 도달한 답은 의심 없이 신용하는 버릇이 있다. 우리 쪽을 속일 작정인지 아닌지는 어쨌든 간에, 대화를 원활하게 진행하기 위해서 전제를 명확히 했다는 뜻이다.

그렇게 보자면 처음에 이젤마를 붕괴시키느니 어쩌느니 말을 꺼낸 것도, 우리 쪽이 진지하게 생각하도록── 선택지에 대한 반응을 좁히도록 유도하려고 사고한 결과일 것이다. 스파이다 뭐다 웃기지도 않은 주장을 하면서, 또한 건성건성인 태도로 말하면서도 이 상대의 대화 진행 방식은 최소한 이치에 맞아떨어지는 면이 있었다.

그런 내 생각을 확인해서 그런지, 남자는 빙긋이 웃으며 말을 꺼냈다.

"사실은 한 가지, 손에 넣고 싶은 주물이 있거든."

주물(呪物). 주체(呪體).

호칭은 몇 가지 있지만, 대충 마력을 띤 촉매 및 물품의 총칭이다. 강대한 것은 마술예장이나 술식의 핵으로 사용되어 그 존재양상이 결정 난다. 단, 모든 신비가 쇠퇴해가는 현대에는 손에 들어오는 주물의 질은 떨어지기만 할 뿐이며, 질 높은 주물이라면 천문학적인 가격으로 거래되는 사례도 드물지 않다.

트림마우를 성립시키고 있는 것도 바탕이 된 볼루먼 하이드라저럼의 중심이 되는 주물이며, 고급 주물의 축적량이 파벌의 권위와 등가로 치부되는 일마저 있을 정도였다.

"어느 환상종의 피가 섞인 물건인데 말이야……."

"거절하지요."

나는 일언지하에 거절했다.

눈을 부릅뜬 남자가 호들갑스레 손을 휘두르며 호소했다.

"이봐, 이봐, 이봐? 좀만 더 말을 듣고 나서 거절하는 편이 낫지 않겠어? 최소한 정보 수집은 될 거 아냐?"

"'여기까지 들은 이상' 이라는 말에 당해서는 못 배기기에."

"하핫, 주의 깊기도 하지."

반듯하게 깎은 머리를 긁으며 믹은 쓴웃음 지었다.

"그럼 됐다고. 이쪽도 억지로 강요는 안 해. 당신네가 내 정체를 퍼뜨릴 거란 생각도 안 들고."

"……그랬다간 '역시 저희가 범인이 맞았습니다' 라고 고백하는 격이니까 말이죠."

'실은, 스파이가 갑자기 자백해 왔습니다' 라는 말을 해서 신용할 사람은 없을 것이다. 하물며 우리는 살인 사건의 용의자다. 의심스럽다면 벌하지 않는다——는커녕, 일단 양쪽 다 때려죽이면 되지 않냐, 정도로 처리당하는 게 고작이다.

"잘 아시는군. ——그럼 또 보지."

'다음에 만날 때는 다른 대답을 하게 될걸' 이라고 말하는 듯한 태도로, 검은 피부의 남자는 뒤돌아섰다.

오만한 기척이 방을 떠나고 한동안 지나고 나서, 나는 파묻히듯이 침대에 누웠다.

두 손으로 얼굴을 가렸다.

안구가 뜨겁고, 눈꺼풀은 심히 무거웠다.

이대로 잠겨 든다면, 얼마나 행복할까…….

"……라이네스 씨."

"응?"

"아뇨……. 얼굴에 손톱 세우면 흉 져요."

"……뭐?"

정신이 들고 보니 눈을 감고 있었다. 얼굴을 가린 채로 잠이 들고 말았던가.

"왓."

와락 식은땀이 뿜어져 나왔다가 곧장 수그러들었다.

창문으로 엿보이는 태양의 각도로 보면 아직 점심 넘었을 때다. 아무래도 두 시간 정도의 선잠으로 그친 모양이었다. 안도의 한숨을 쉬면서 뺨을 매만졌다.

"흉……이라."

아직 신경 쓸 만한 연령이 아니지만 곧 유력 파벌의 마님처럼 노화 방지의 마술을 찾을 날이 올지도 모른다. 사교모임에서 만난 마이오 같은 약사는 본인의 실력에 따라서는 서로 부르려고 야단이라 식물과의 상당히 큰 수익이기도 하다.

그로 인해 깨달았다.

"——맞아."

상반신을 일으키고 중얼거렸다.

"라이네스 씨?"

"한 가지, 떠올랐어. 여기라면 아직 늦지 않을지도 몰라."

"여기라면?"

"그래."

살짝 끄덕이고 입술에 서리는 웃음기를 느꼈다.

"하다못해 단서 정도는 찾아내야지."

4

곧장 우리는 달의 탑으로 되돌아갔다.

입구로는 들어가지 않고 주위 지면을 공들여 관찰한다. 깜빡 실수로 밟아 어지럽히지 않도록 신중하게 풀잎을 헤치면서 그 증거를 찾았다.

이윽고.

"……빙고."

그렇게 중얼거렸다.

지면에는 내 눈으로도 알 수 있을 정도로 뚜렷하게 몇 군데 발자국이 남아있었다. 도회지와 다르게 지나가는 사람도 거의 없는 이곳이라면, 사교모임 뒤의 발자국을 추적할 수 있는 게 아닐까 하고 그레이의 말에서 발상을 얻은 것이다.

"트림, 이거라면 쫓을 수 있을까?"

"확인합니다."

즉시 트림마우의 손이 그 발자국을 만졌다.

몇 초가량 그러다가 그녀의 입술은 긍정을 대답했다.

"발자국의 종류는 십여 명. 그중, 그날 황금희 님의 발자국은 특정 가능합니다."

"좋아!"

무심코 파이팅 포즈를 잡고 말았다.

좀 경망스러운 건 용서해주길 바란다. 여하튼 간에 이만큼 속수무책이던 와중에 간신히 보인 광명이니까.

"바로 쫓아가다오."

"예."

발자국을 만진 상태로 수은 메이드는 손부터 녹기 시작하며 곧장 지면에 흘러갔다.

이러한 패턴 인식과 통계는 트림마우의 장기다. 발자국이야 너무나 고전적인 수단이다 보니 완전히 머릿속에서 빠져 있었지만, 반대로 범인에게도 맹점일 가능성은 있다. 초월자를 자처하는 대다수 마술사에게 견실한 수사 같은 개념은 시야 밖에 있기 때문이다.

"그레이, 따라와."

본래의 볼루먼 하이드라저럼의 형상으로 돌아와 울창하게 우거진 숲으로 미끄러지기 시작한 트림마우를 쫓아 나와 그레이도 달리기 시작했다.

아쉽게도 나와 트림마우는 오감을 공유하기에는 이르지 못했다. 사역마의 술식으로 잡아두고 있는 건 아니기 때문이다. 그녀를 성립시키고 있는 건 어디까지나 볼루먼 하이드라저럼이라는 시계탑 역사에서도 희귀한 마술예장이며, 인격이나 인간 형상은 어디까지나 그 기초 위에 내가 아주 살짝 손을 댄 것에 불과하다.

그러므로 이런 상황에서는 얌전히 쫓아갈 수밖에 없는데, 별로 숲을 거닐 만한 복장이 아니었던 것 같았다. 관목이나 나뭇가지에 드레스가 쉴 새 없이 걸리고, 자율 판단에 맡긴 이상 트림마우는 가차 없이 앞으로 나아갔다.

축축한 흙냄새가 코를 찔렀다.

사람의 손길이 가지 않은 숲에는 다양한 냄새가 밴다.

숨이 콱콱 막히는 신록. 썩은 낙엽과 부러진 가지에, 이름도 모르는 동물의 분뇨가 뒤섞인다. 원래부터 마술사가 좋아할 만한 숲은 대체로 영력이 짙으며, 진귀한 독초 및 맹수가 생식하는 예도 드물지는 않았다. 아니, 그러한 숲의 신비를 인간들이 개척해간 경과가 바로 고대부터 중세까지 서구의 역사였다고도 할 수 있다. 오래된 마녀 전설 대다수가 숲 속에서 발단하는 건 이것이 이유였다.

열심히 쫓는 가운데, 이윽고 숲의 공기에 하얀 것이 낮게 깔리기 시작했다.

'안개……?'

물론 호수 지방에 안개가 많은 건 안다. 내가 왔을 때도 여기저기 안개가 끼어 있었고, 농도 차이는 있을지언정 1년 대다수가 하얗고 아름다운 안개에 덮여있기 때문에 이 지방 또한 수많은 낭만에 넘치는 전승을 만들어온 것이리라.

"…………."

그런데 심장이 쿵쿵 뛰는 것을 느꼈다.

지독하게 불길한 예감이 들었다. 흡사 어릴 적에 뒷골목의 어둠에서 느끼던 것 같은, 이유가 없는 공포였다. 그런 직감이 마술사에게 있어 희귀한 소질이라고 말한 사람은 누구였을까.

"어……?"

목소리가 나왔다.

난데없이 앞서가는 트림마우의 모습을 놓친 것이다.

그뿐만 아니라 자신과 트림마우를 잇는 마력의 흐름마저 끊어진 것을 느꼈다.

"——결계?"

아까 믹이 쓴 것 같은—— 그러나 더욱 규모가 큰 것.

정체를 파악하자고, 열을 내기 시작한 눈에 힘을 주었을 때, 이번은 다른 형상을 취했다.

번쩍 깨닫는다.

나뭇잎 스치는 소리가 웅성거리는 허공에 칼날이 내달린 것이다.

"……라이네스, 씨!"

등 뒤에서 외치는 소리가 터졌다.

딱딱한 소리가 내 머리 위에서 교차했다.

칼날과 함께 교차한 그림자는 둘로 갈라져 그중 한쪽이 후드 쓴 소녀가 되어 지면에 착지했다.

"그레이……!"

후드 쓴 소녀가 손에 들고 있는 것은 사신의 낫(Grim reaper).

그 애드가 변형한 것이라고 누가 감히 상상할까. 이 소녀가 바라는 순간, 입버릇 고약한 상자는 그 몸을 퇴마(退魔)의 무구로 바꾸는 것이다.

하면, 그 칼날과 맞부딪친 것은?

안개 한복판, 그레이의 눈앞에서 굼실대는 뭔가는 몹시 불길한 형상으로 일렁이고 있었다.

"하하하하하! 이보셔, 뭐냐고 이거! 아주 끝내주는 상대인데?! 정말이지 너네랑 다니면 질리지 않더라!"

활달한 애드의 목소리도 안개 속에서는 공허하게 울리는 것 같았다.

적의 기이하게 긴 두 손은 다섯 손가락이 아니라 날카로운 칼날로 치환되었다. 두 발은 역관절이라고나 해야 할 각도로 뒤틀렸으며, 상반신은 그에 맞추어 거의 지면을 핥는 듯한 각도로 엎드러졌다.

그것은—— 기괴한 인형이었다.

"……이, 건?"

그레이가 눈을 크게 떴다.

"자동인형(오토마타)?!"

나도 얼떨결에 뒤집힌 목소리로 외쳤다.

멀쩡하게 전투 가능한 오토마타 같은 건 이미 제조 불가능한 물건이 아니었던가. 트림마우처럼 본질이 별개라면 몰라도, 인체모조의 개념은 진즉에 쇠퇴하고 말았다. 인체의 해부도가 대다수 인류의 지식으로 널리 퍼져서 자신들의 내부에 신비가 없다고 납득한 시점에서, 그것은 마술로서 성립할 수 없어졌다.

아니, 오라비의 가설로는 인체에 알려지지 않은 블랙박스가 남은 이상 신비 또한 소멸한 것은 아니라고 하지만, 어지간한 마술사라도 오토마타의 분야에서는 몇백 년 전의 골동품에 당해낼 수 없다는 건 사실이었다.

그렇다면, 이건——.

'골동품인가? 아니, 그것치고는 묘하게 새것으로 보이는데.'

품평하면서 으득 어금니를 깨물었다.

트림마우 없이는, 전투용 마술은 거의 갖춘 게 없다. 내 마술은 대개가 연구용으로 조정되어 있기 때문이다.

'제길, 이래서 오라비에게도 수업 비중이 이래도 괜찮겠냐고 확인하고 있었건만!'

엘멜로이의 비술을 물려받으려면 이 수업 배분이 가장 바람직하다며 완고하게 양보하지 않았다. 아아, 물론 선대에 대한 부채감을 이용해서 등쳐먹는 사람은 나지만, 그 남자는 여러모로 지나치게 질질 끌고 있다고!

"……라이네스 씨, 뒤로!"

그레이가 달렸다.

숲속에서는 아무리 생각해도 쓰기 힘들 듯한 큰 낫을 작은 체구로 너끈하게 휘둘러댄다. 이거야말로 어릴 적부터 친숙하던 장난감이라고나 하듯이 낫과 소녀는 잘 어울렸다.

3합.

잇따라서 소녀와 인형의 칼날이 맞부딪쳤다.

사신의 낫이 그리는 호와, 오토마타가 지르는 직선적인 공격이, 요란한 속도로 충돌했다. 대다수 마술사와 달리 단순한 육체의 『강화』만이 아니고, 『강화』와 섬세한 기술을 융합시킨 것이 그레이가 지닌 가공할 전투 능력의 이유였다.

'……하지만.'

그레이의 진가는 대령전투(對靈戰鬪)에 있다.

본인은 유령에 공포를 느끼고 있으면서, 그 능력은 대영제국에서도 특필되는 묘원에서, 더욱이 역대에서 손꼽힌다고 할 정도였다. 그 박리성 아드라에서도 군세라고 할 만한 영을 상대로 한 걸음도 물러나지 않았다고 한다. 어쩌면 마술사 상대로도 같은 기술을 유용할 수 있겠지만, 오토마타가 상대여서는 실력 중 몇 할도 발휘할 수 있을지 없을지.

"…………."

침묵한 채로 오토마타가 몸을 낮추었다.

눈앞의 그레이를 정신을 판 채로 잡아낼 상대가 아니라고 인식했는가. 그렇다고 해도 다음 변화는 상상할 수 없는 것이었다.

오토마타의 사지가 더욱 분열하며 칼날이 자랐다.

사지만이 아니었다.

단정하게 만들어진 얼굴까지도 벌컥 쪼개지며 그 눈을 늘린 것이었다.

"뭣……!"

삼면육비(三面六臂)란 곧 널리 보고, 널리 닿는다는 신성을 표현한 것이지만, 이 제작자도 그 고사를 마술로 이용했단 말인가. 그렇다면 그 발상은 오리엔탈리즘 같은 거라기보다는 역시 지극히 현대다웠다.

오토마타가 뛰어올랐다.

이미 인간의 형상이 아니다. 거미나 사마귀 같은 여섯 개의 칼날을 사신(死神)의 칼날이 요격한다.

3합.

8합.

——단숨에 17합.

공방횟수와 시야가 증가한 것이 전황에 변화를 주어, 이번에는 그레이의 낫이 밀리기 시작했다. 아니, 단 하나의 무기로 여섯 개의 칼날에 대처하는 그레이를 칭찬해야 마땅하겠지만, 내 눈에도 소녀의 칼날보다 오토마타의 칼날이 한 수 앞에 선 경우가 많아졌다. 차츰 그레이는 방어 일변도가 되기 시작했다.

양자의 무시무시한 전투에 숲의 나무들이 떨리고, 푸르른 나뭇잎을 흩날렸다.

그 잎사귀 또한 잇따라 절단되며 안개에 칼날 궤적을 그었다.

"윽——!"

"야, 그레이?!"

애드의 목소리와 동시에 소녀의 오른쪽 위팔이 찢어지며 한 줄기 피가 흘렀다.

통증 때문인지 한순간 상반신이 기울고, 그 틈에 오토마타가 거리를 좁혔다. 이미 하나의 폭풍과도 맞먹는 칼날의 괴물. 사신의 낫 표면에 떠오른 안구가 인형을 노려보지만, 아무런 제지도 되지 못하고 빙그르르 회전한 차가운 칼날이 대각선으로 내리꽂혔다.

그러나.

촌각직전, 빛이 인형을 타격했다.

충격에 얻어맞은 인형의 자세가 슬며시 무너지고, 한 손으로 내쳐 휘두른 그레이의 낫이 상대를 억지로 날려 보냈다.

"……라이네스 씨."

"하다못해 이 정도는 해야지."

팔을 내지른 채로 나는 흥 콧방귀를 뀌었다.

그렇게 말해도 방금 한 건 마술이고 뭐고 아니다.

단순히, 마력에 형태를 주어 물리적인 위력을 붙인 마탄이었다. 명색이 로드의 가문이 이런 마술에 의지했다고 알려진 그거야말로 망신일 것이다. 소문 자자한 루비아젤리타라면 핀의 일격이라고 칭송되는 저주로까지 승화시키겠지만, 지금의 내게는 바랄 일도 못 된다.

몇 야드 정도의 거리를 두고 수풀에서 일어난 인형은 느릿하게 고개를 좌우로 움직였다.

아니나 다를까 아무 상처도 없었다.

우리 쪽의 공포를 즐기는 것 같은 그 모습에, 그레이는 나직이 중얼거렸다.

"……애드."

목소리와 함께 갑자기 기온이 떨어진 것처럼 느꼈다.

그레이의 주위에 보이지 않는 소용돌이 같은 현상이 일어나기 시작했다.

소녀와 낫이 주위의 마력을 빨아먹기 시작한 것이다. 상대가 실체를 가지지 못한 영이라면 이것만으로도 치명상이 될 수 있다. 묘지기로서 갖춘 이능. 하지만 마력이 정착된 오토마타 상대로는 단순히 자신의 『강화』를 증폭하는 데 그친다.

그런데도 필요하다고 느낀 것이다.

오토마타의 얼굴이 웃었다.

세 얼굴이 홍소를 터트렸다.

달렸다.

격돌.

인형의 칼날과 낫이 충돌하고, 그 부분을 지지대로 삼아 소녀의 몸이 우아하게 공중제비를 넘었다. 문설트를 연상케 하며 사신의 낫 또한 초승달을 허공에 새겼다. 일종의 아크로바트로 보였으나 그레이의 혼신을 다한 카운터 일격은 낙하의 기세까지 실으면서 힘으로 인형을 찌그러뜨렸다.

'쩡' 하고 기이한 소리가 울렸다.

막았던 인형의 칼날이 깨진 것이다.

"이히히히히히히히! 이걸로 완력 승부라면 안 진단 말씀이지!"

"……하나 더!"

애드의 외침과 함께 그레이가 낫을 쳐들었다.

그러나 이번에는 소녀가 경직될 차례였다. 때려눕혔을 터인 지근거리에서, 인형의 입이 크게 찢어지며—— 그곳에서 장기(臟器)의 창 같은 기괴한 기관이 튀어나온 것이다.

어떠한 역전의 강자라 한들 이와 같은 기습에 저항할 수 있을 것 같지 않다.

그렇다면, 창졸간에 몸을 피해낸 까닭은 아까 『강화』 증폭의 작용만이 아니라 그야말로 천성적인 감에 따른 것이었을까. 아니면 나도 모르는 모종의 마술적인 지원이 아직 그레이에게 작용하고 있었던가.

"크——?!"

백 덤블링과 함께 그레이가 물러났다.

그러나 오토마타는 그 이상의 추격타는 가하지 않았다. 대신에 소녀가 간격을 벌린 것과 같은 순간에 나무 위로 뛰어올랐다. 이쪽이 육안으로 확인할 수 없는 속도로 나뭇가지와 가지 사이를 날렵하게 뛰며 안개 저편으로 사라졌다.

"——도망쳤다?"

"……그런 것 같아요."

그레이가 애드를 갈무리하면서 자그맣게 말했다.

음색에 부끄러워하는 분위기가 있는 것은 방심했다는 기분 때문일까. 내가 보기에는 거의 다친 곳 없이 헤쳐 나온 것만으로도 대단한 일인데. 아니, 실제로 그녀더러 와달라고 하지 않았으면 여기서 전부 다 끝났을 상황이니, 주의 깊은 과거의 나 자신에게도 새삼 감사해 두고 싶다.

"그런데, 트림은."

어디로 사라졌는가.

잠시 생각하다가 품속에서 사슬을 꺼냈다. 끝부분에 애미시스트가 박힌 사슬로, 지하수나 광맥을 찾을 때 곧잘 쓰이는 마술탐색(dowsing)용 도구다. 아까 그레이가 마력을 빨아들인 덕에 결계는 걷히고 있다. 지금의 내 장비로도 돌파는 가능하다고 판단했다.

손목에 사슬을 감고 끝부분의 애미시스트를 곧게 늘어뜨린다.

adjust
"——조율하라."

사슬이 꿈틀 흔들렸다.

그 방향으로 눈길을 움직였다. 이미 열을 내고 있는 마안에 힘을 주며 힘껏 사슬을 흔들었다.

Thou betray your sign
"——자, 그대의 예고를 밝혀라!"

안개가 흔들렸다.

완전하지는 않았지만 시야가 크게 걷히고 숲의 앞길을 드러낸 것이다.

"서두르자!"

말을 건네고 안쪽으로 달렸다.

생각대로 머잖아 목적지에 도착했다.

확 트인 곳이었다.

샘가.

울창하게 우거진 숲속에서, 그곳만이 특별한 공간으로 보였다. 용솟음치는 샘을 봐서는 실제로 그럴지도 모른다. 일종의 동양적인 개념이지만, 영혈(靈穴)이 샘의 위치와 일치하는 일은 흔하다. 서양에서도 샘물을 솟아나게 한다는 위업은 오랫동안 성인(聖人)의 기적으로 간주하였다.

하지만, 지금은.

"……트림?"

그곳에, 트림마우는 서 있었다.

수은의 피부에 가을 햇빛을 반사하며 그저 조용히 발밑을 바라보고 있었다. 아니, 정말로 보고 있는 것인가? 원래부터 생물이 아니고 인간의 형상을 모방하고 있을 뿐인 그녀에게 눈은 감각기관이 아니다.

무엇보다 나와의 마력의 연결고리는 아직껏 회복되지 않았으며——.

"————흡!"

숨이, 멎었다.

"그럴…… 수가……."

등 뒤에서 망연한 그레이의 신음이 공기에 녹아들었다.

있어서는 안 될 일이었다. 트림마우의 그 손은 붉은색으로 더러워져 있었다. 그러나 지금의 나는 현기증이 일 것만 같은 그 색깔보다 샘에 떠오른 또 하나의 인영에 못 박혀 있었다.

그것은 속절없이 치명적이었다.

"……카리나."

아니, 레지나였을까.

황금희와 백은희를 수행하던 메이드 중 한쪽이, 시체로 변해 샘에 떠올라 있었다.

5

"……라이네스, 님."

어색하게 트림마우가 돌아보았다.

손에서 방울방울 떨어지는 붉은색은 수은의 피부에 이상하리만큼 어울렸다. 그 방에 자욱하던 것과 같은 피 냄새는 대부분이 바람에 날려 느낄 수 없었다.

"너……."

신음한 내 등 뒤에서 다른 목소리가 날아왔다.

"이크, 잠깐. 움직이지 말아 주지. 이런 경우, 현장보존이라고 하나? 아니면 현행범 체포라고 해야 할까?"

"윽――!"

그 음성은 바로 우리의 감시를 사서 맡은 상대의 것이었다.

불길하게 나뭇잎이 흩날리는 숲속 한복판에서, 녹색 드레스를 입은 노파는 곧게 우리를 바라보고 있었다.
"로드 밸류엘레타. ……왜, 이곳에?"
"피차일반이지. 아까 이상한 마력의 기척을 느껴서 말이야."
그 결계일 것이다. 내가 숲속에서 결계에 갇혀있었을 때, 비슷하게 외부의 이노라이도 눈치 챈 거다. 다음은 우리가 오토마타니 뭐니 하며 어영부영하는 중에, 여기까지 따라잡고 말았다는 뜻이다.
"……사정을 설명해도 되겠습니까?"
"물론. 하지만."
"……라이네스…… 님."
트림마우가 느릿하게 움직였다.
내가 접근해서 단절된 마력의 경로를 재생하려고 하는 것이리라.
"하지만, 그 물건은 안 돼."
로드 밸류엘레타의 손이 허리춤에 맨 작은 주머니를 만졌다.
뭔가를 한 줌 잡아들고 짧은 주언(呪言)과 함께 노파가 내던졌다.
그 모래가 대지에 뿌려진 순간, 본래 부정형이어야 할 트림마우가 완전히 포박되었다.
'모래그림……?!'

흡사 밀교의 모래 만다라처럼, 뿌려진 색모래가 트림마우의 모습을 충실하게 재현하던 광경도 나는 육안으로 확인했다.

이것이, 로드 밸류엘레타의 마술.

떡하니 정지한 상태의 트림마우를 본숭만숭하며 노파 뒤에서 새로운 기척이 나타났다.

"……카리나."

쌍둥이 메이드의 다른 한쪽이 신음했다.

'……아아.'

처음 인상대로 여기서 살해당한 사람은 카리나였던 모양이다.

그런데 그 사실을 알아봤자 어떻다고?

축축한 흙을 밟는 발소리는 당연한 것처럼 하나 더 있었다.

"사정을 설명해주실 수 있겠소? 엘멜로이의 아가씨."

지면을 지팡이로 짓이기며 바이런 경이 물었다.

메이드와 함께 이 타이밍에 찾아온 건 로드 밸류엘레타와 똑같이 결계의 마력을 느꼈음이 틀림없다. 혹시 로드 밸류엘레타와 동행했을지도 모르지만, 지금 와서는 어느 쪽이든 매 한 가지다.

"그 수은 메이드가 카리나를 죽인 뒤, 증거를 인멸하느라 샘에 던져 넣으려고 한 거로밖에 보이지 않소만? 이다음 무게추라도 달 작정이었나?"

"…………."

아니, 정말이지.

다소 억지가 있는 상황이긴 해도 현실적으로 설득력은 강고하다. 나 자신도 반대 입장이라면 그렇게밖에 보이지 않았을 것이다.

"하시는 말씀은 이해합니다만, 해명을 위해서도 트림마우를 해방해주실 순 없겠습니까?"

"살인범에게 폭탄을 넘기는 어리석은 자가 있겠나?"

이 또한 지극히 당연하다고 끄덕일 수밖에 없다.

진퇴양난이다.

아무리 그래도 여기서 만회할 수단은 떠오르지 않는다. 너무나도 명백한── 노골적이기 짝이 없을 정도의 형태로 트림마우는 살인을 범했으며, 상대하는 나는 멀쩡한 변명도 하지 못하고 우두커니 서 있을 뿐.

결계와 오토마타에 관해 얘기한다?

어림없다. 하다못해 증거와 가설이 한 세트가 아니라면 일소에 부치고 끝나겠지. 내 앞을 막아서고 있는 건 진실을 원하는 경찰이나 용의자가 아니고, 빈틈이 보이면 바르토멜로이 파를 깎아내리고자 하는 적대 파벌의 장로들이다.

결국 이건 결코 사건의 해결을 뜻한 행동이 아니다. 범인으로 삼기 편리한 상대가 적대 파벌이라면, 겸사겸사 달아매 두면 그만이라는 마녀 재판이었던 것이다.

바이런 경이, 한 발짝, 두 발짝 더 접근한다.

"어찌 된 노릇이지? 엘멜로이의 아가씨. 체념했다는 뜻인가?"

"……하하, 웬 농을."

대거리는 해봤지만 도통 짐작도 가지 않았다.

우리가 조사하려는 순간부터 수렁에 빠져드는 감각. 아니지. 이미 나는 정수리까지 잠겨 들었는데, 알아채지 못한 척을 하고 있을 뿐이 아닌가.

"라이네스 씨……."

그레이의 목소리도 들리지 않는 척했다.

내가 할 수 있는 일은 그저 항복을 연기하는 것뿐이다.

시간 벌이도 못 된다. 그런데도 희미한 오기만이 위장 밑바닥에 응어리져서 나를 쉽사리 굴복시키지 않았다.

그러나 그것도 아주 잠시에 지나지 않겠지.

아주 사소한, 단추를 잘못 끼운 거나 마찬가지겠지.

왜냐면 나는 이미 외통수였고, 얼토당토않은 선택을 지나치게 거듭하는 바람에, 이 순간에 이를 때까지 지은 죄를 깡그리 정산할 수밖에 없는 지경까지 내몰렸으며…….

그러한데.

"……대체 뭐하고 있는 거야. 레이디."

로드 밸류엘레타 일행과 다른 방향에서, 장신의 그림자가 드리운 것이다.

얼결에 고개를 쳐들었다.

그 남자는, 입술에 홀쭉한 시가를 물고 있었다.

장발도, 두른 코트도 칠흑. 어깨에서 목도리를 늘어뜨리며 몹시 언짢은 듯이 미간에 주름을 잡고 있었다. 언뜻 보아 오연하게도 비치는 모습이, 실상 치명적일 정도로 부족한 자신감에서 비롯한다는 사실은 나는 알고 있다. 너무나도 빠진 곳이 크다 보니 도리어 그 마술사를 어엿한 인사로 꾸며내고 말았다는 사실을.

그렇기 때문에 내게는 눈부시기 짝이 없는 상대였다.

"……오라버니……."

"나 원, 잠깐 눈 좀 떼면 이렇군. 넌 분방한 행동을 더 줄일 수 없나."

걱정했다, 무사하냐. 그런 부류의 말은 한마디도 입에 담지 않으며 우리 오라비는 그저 평소의 언짢은 표정으로 이쪽을 내려다보고 있었다.

"으…………."

절로 제 기운이 돌아온다.

"아무리 그래도 도착이 빠른데? 설마, 귀여운 여동생을 위해 거품 물며 와준 건가?"

"스, 스승님?"

난데없는 등장에 그레이가 당황하며 눈을 깜빡였다.

식사하기 직전, 일단 보험은 들어놨다고 말했다.

망명을 희망한다는 황금희의 요청을 노파심에 휴대전화로 전해둔 것이다. 오래된 마술사의 공방이라면 통신용 마술 따위는 대체로 차단되지만 현대 과학에 대한 보안은 하나도 안 된 예도 드물지 않은데, 이젤마도 예외가 아니었던 것이다.

단지 이튿날 점심 지나서 오라비가 직접 찾아올 줄은 생각도 못했지만.

"네 뒷바라지를 다른 사람에게 맡길 수 있겠나. 남아있던 대교실의 수업은 샤르댕 어르신에게 의뢰하고 왔지만."

엘멜로이 교실의, 고참 강사의 이름이었다.

애초에 3급 강사였던 우리 오라비의 설득을 받아 은거 중일 때 끌려 나온 노인장으로, 고령인데도 고생하신다고는 생각한다.

그는 한사코 언짢게 얼굴을 찌푸리며 이 처참한 상황에서 평소처럼 말을 퍼부었다.

"아아, 웨스트 코스트 본선에 타서 윈더미어 역까지는 금방 도착했지만, 여하튼 이 성 자체는 일종의 결계 안에 있는 바람에 현지 사람에게 장소를 물을 수도 없었지. 덕분에 구두가 얼마나 더러워졌는지."

"어차피 손보는 건 그레이가 하잖아."

"다른 사람에게 폐를 끼친 건 반성해줬으면 하는군."

얼마나 서둘러서 찾아왔느냐는 말은 나도 안 물어봐 준다. 기왕 닦아준 구두를 진흙투성이로 만든 것에도 감사는 안 해 준다. 메이드의 시체가 떠오르고, 피로 물든 트림마우가 정지한 이런 현장인데 여전히 우리를 한 톨도 의심하지 않는 것에도, 마음이 감동할 턱이 없다.

그리고.

낯빛 하나 바꾸지 않으며――이런 연기만은 능숙해지기도 했지―― 우리 오라비는 이 자리에서 가장 권위를 가진 노파 쪽으로 돌아섰다.

"이 자리는 제가 맡겠습니다. 상관없으시겠죠? 로드 밸류엘레타."

"호오. 나한테 그런 말이 나오나."

이노라이는 도리어 즐겁다는 듯 미소 지었다.

"얼마든지. 기량이야 어쨌든 로드라는 점에서 저와 당신은 대등합니다."

아아, 다리를 가늘게 떠는 모습을 숨겨냈다고 생각 중일까. 열두 로드 중에서도 특별시 되는 삼대 귀족―― 로드 밸류엘레타에게 이 남자는 어떻게 정면으로 맞서려 하는 거람. 그런 건 처음부터 어처구니가 없다. 너무나도 격이 달라서 코끼리에게 덤비는 개미보다 무능하게 비치잖아.

그렇지만, 아무렴 어때.

그런 오라비이기에, 나 또한 엘멜로이를 맡겨보자고 마음 먹었으므로.

"다시 한번 더 말할까요."

오라비는 정면으로 말을 꺼냈다.

발꿈치를 찍고, 장갑을 낀 손으로 눈앞을 쳐내듯이 우리 오라비는 당당히 선언했다.

"로드 엘멜로이 2세로서, 이 사건을 맡겠소."

제4장

1

"로드 엘멜로이 2세로서, 이 사건을 맡겠소."

그 말은 거의 선전포고에 필적하는 내용이었다.

갑자기 난입해서 자기 제자를 감싼 끝에 사건을 맡게 하라고 떠든다——. 이것을 선전포고라고 안 하고 뭐라 할까.

실제로.

"——그럴 수야 없지."

이렇게 거절한 사람은 바이런 경이었다.

로드 밸류엘레타에게 맡기고 사태를 지켜보고 있었는데, 오라비가 등장하는 바람에 뒤로 빠져 있을 수 없어진 모양이다.

"당신의 동생분에 대한 의심은 도를 넘어섰소. 아무리 로드의 명이라고는 해도 사건을 쉽게 넘겨주라는 말에는 승복 못하지.”

멀리서 새가 지저귀었다.

숲 한복판에 응집된 마술사의 적의에 버티지 못한 것 같았다.

“…………….”

그 당주와 대치하며 우리 오라비는 한동안 시선을 내리깔고 있었다.

그리고.

“황금희의 술식은, 딱히 숨길 생각도 없을 테죠.”

“……윽, 무슨 소리요?”

한순간 호흡을 멈춘 바이런 경에게 오라비가 말을 퍼부었다.

“해의 탑, 달의 탑. 황금희에 백은희. 이거라면 태양과 달의 술식을 황금과 백은으로 본뜨고 있는 거야 훤하지. 덧붙여 술식의 기본은 연금술이 모티프인 모양이더군. 태양과 달을 비유로 이용하는 것도 서양권의 연금술에선 유달리 흔한 패턴입니다. 애당초 연금술의 목적은 비금속(卑金屬)을 황금으로 바꾼다——라는 비유 아래, 속세에 물든 인간을 신에 필적하는 존재로 가꾸기 위한 위대한 작업(아르스 마그나)이라고 일컫는데, 즉, 황금희, 백은희에 있어 궁극의 미란 그러한 것이겠죠.”

대본이라도 읽듯 술술 유창하게 오라비가 황금희의 술식을 하나하나 곱씹었다.

아니, 이 경우엔 정말로 씹어 먹는 중일지도 모른다.

처음 말은 씁쓸하게 듣던 바이런 경이, 이어지는 말을 듣자마자 삽시간에 낯빛을 바꾸기 시작했기 때문이다.

"그런데 실제로 해의 탑과 달의 탑을 보고 감탄했습니다. 실제로 황금희를 형성함에 이르러서 당신이 하는 일은 인간의 내부에 행성의 운행을 도입하는 행위죠. 소우주(Microcosmost)와 대우주(Macrocosmost)의 조응은 마술의 기본이지만, 평상시부터 사는 주거지에 도입해 인간의 생활 그 자체를 행성의 운행으로 만들겠다니, 발상까지는 가능해도 실행할 수 있는 사람은 희귀해요.

아마도 당신들의 식사와 수면, 배변마저도 그러한 주기에 따르고 있는 거겠죠. 의식동원(醫食同源)라고 옛 나라가 말했듯이, 입으로 들어간 것이 곧 인간의 육체를 구축하는 법. 예를 들어 진시황제가 불로불사를 갈구해 수은을 먹은 행위 자체는 잘못된 게 아니지만, 동시에 별과 같은 육체를 형성하지 않으면 독이 될 뿐이죠. 당신들은 그 이치를 충분히 알고서, 식사와 생활, 나아가서는 환경까지도 자신들의 육체와 합일시켰습니다. 이 토지의 영맥(레이라인)(靈脈) 하나를 들어도 그렇죠. 동양의 우보(禹步)나 티베트의 독자적인 기법처럼 대지로부터 마력을 흡수하는 보법을 일상적으로 강제하고 있는 거겠죠.

태양과 달은 하늘의 여러 힘. 식사와 생활은 땅의 여러

힘. 다시 말해, 황금희와 백은희란 이 토지의 화신이라고도 해야 할 존재가 될 수 있습니다. 하물며 당신들의 가문이 그런 행위를 대대손손 거듭해왔다면——.”

“그만해!”

비명이, 울려 퍼졌다.

가증스러운 듯이 바이런 경이 우리 오라비를 노려보았다.

그럴 만하리라. 눈앞에서 자신의 마술이 해체되다니, 영혼이 까발려지는 것이나 마찬가지인 행위였다. 심지어 이만큼 고위의 마술사가 모인 와중에서 저지르면—— 손쉽게 모방되진 않더라도 은닉하던 기술을 도난당할 가능성은 크다.

각 파벌이 확보한 마술특허는 그야말로 마술사의 생명선이라고도 할 수 있는 이권이다.

“예. 그럼 그만하도록 하지요.”

오라비도 선선히 끄덕였다.

무거운 침묵이 먹구름처럼 낮게 드리웠다.

유귀처럼, 바이런 경은 우리 오라비를 응시하고 있었다. 눈앞에서 가보를 도둑질한 괴도라도 노려보는 것만 같았다.

“과연. 이것이 로드 엘멜로이인가.”

말은 쓰디쓰게 땅바닥을 기었다.

“가능하면, 2세를 붙여주셨으면 좋겠군요. 제가 그 이름에 걸맞다는 생각은 안 듭니다.”

“……희망하신다면.”

빈정대는 웃음과 함께 바이런 경이 끄덕였다.

그 모습을 보고 우리 오라비도 깊이 허리를 굽혔다.

"……그럼, 부디 바이런 경의 넓은 마음으로 제가 사건의 조사에 관계하는 행동을 허락해주셨으면 합니다."

"……좋소."

씁쓸한 얼굴로 바이런 경이 인정했다.

여기서 기각했다가 조금 전 하던 짓을 마저 해도 못 배겨내기 때문이다. 오라비가 박은 못은, 확실하게 바이런 경의 선택지를 제한하고 있었다.

바이런 경은 잠시 골치를 썩이다가 숲의 잡초를 짓밟고 입을 열었다.

"단, 시간제한은 걸어야겠소. 설마 이런 상황인 채로 며칠씩 방치해 둘 수는 없지. ——그래, 잠자코 있을 수 있는 건 내일 밤까지가 한도야."

"알겠습니다."

"……저 말, 정말 수긍해도 되겠나? 오라비."

일단, 내 쪽에서도 귀엣말해둔다.

그러나 응대하는 오라비는 가볍게 눈짓만 보낸 뒤 바이런 경과 대치하고만 있었다.

"…………."

숲의 짙은 공기 속에서 쇳내를 콧속으로 느꼈다.

물론 착각이다. 하지만 그런 착각을 부를 정도로 대치한

두 사람의 기척이 밀도를 높였다. 그 기척이 마력으로 변해 구동하면 곧장 천변만화의 마술로 변할 것은 명백했다. 또한 이 경우에는 어느 마술사가 당할지도.

마술사로서의, 강자와 약자의 판별은 일찌감치 끝났다.

그럼에도 약자는 강자로부터 눈을 떼지 않고.

"……쯧."

바이런(강자) 경은 작게 혀를 찼다.

그 눈길이 스승 샘가에 경직된 상태로 놓인 트림마우로 흘러갔다.

"한 가지 더. 이쪽의 볼루먼 하이드라저럼을 반납할 수는 없소. 누가 뭐래도 살인에 사용되었을 가능성이 있으니 말이오."

"예. 말씀은 지당합니다. 어쩔 수 없겠지요."

이 또한 오라비는 끄덕였다. 단, 코트 안쪽에서 종잇조각 하나를 꺼내서 천연덕스럽게 말했다.

"대신에, 보관증서는 써주셨으면 좋겠군요."

"……크크크. 거기서 마술에 의지하지 않는 면이, 자네는 걸출해."

이는 방관 중이던 이노라이가 쓴웃음 지은 말이다.

자기강제증명(기아스 스크롤)까지는 아니더라도 상대와의 거래를 원활하게 진행하기 위한 마술은 몇 가지 존재한다. 그러나 오라비의 기량을 감안하면 어설픈 마술을 개입시키는 건 자살행위인 판이라—— 결과가 보관증서라는, 몹시 원시적인 방법이 되는 것이다.

바이런 경은 짜증스러운 표정으로 사인한 종이를 내치고 나서 뒤로 돌아서고, 한순간 미련과 함께 돌아본 메이드 레지나도 그를 따라갔다.

덩달아서.

"제법 재미있었어. 로드 엘멜로이 2세. 그럼 평안하시게."

이노라이가 허리에 찬 주머니를 만지자 다시 모래가 흘러나와 고정된 트림마우를 감싸 올렸다.

원리적으로는 트림마우와 비슷한 것이겠지만, 필시 이쪽 모래는 웬만한 수준의 촉매이긴 해도 볼루먼 하이드라저럼 같이 고도의 마술예장일 리 없다. 즉, 사용자에게 더욱 강대한 마력과 기량이 요구된다는 뜻으로, 삼대 귀족의 한 축에게 과시 받은 심정이었다.

세 사람의 기척이 멀어진 순간에, 나는 무릎부터 주저앉으려는 것을 필사적으로 버텨냈다. 지금 그랬다가는 일어서지 못하게 될 듯한 느낌이었다. 그게 아니어도 방금 찾아온 인물 앞에서만은 보일 수 없는 모습이었다.

"……나 원 참. 등장하자마자 화려하게 판을 벌여줬군. 오라비."

살짝, 뭐 조미료 정도의 빈정거림을 담아서 노려보았다. 솔직히 안도감보다도 뭔 짓을 한 거냐는 탄식 어린 기분이 더 강했기 때문이다.

"철석같이 남의 마술을 해체하는 짓은 무의식중에 하는 건 줄 알았단 말이다."

"……음. 그런 짓은 좀처럼 안 한다만."

자못 진짜로 섭섭했는지 오라비의 미간에 서린 주름이 좁아졌다.

물론 조금 전 바이런 경과 나눈 대화 다음에 그런 말을 해도 신빙성은 한없이 낮다. 다른 사람의 횡포로 속을 썩이면서 실은 본인도 비교적 횡포를 부리고 있는 게 아닌지 살짝 생각했다. 그러고 보니 제4차 성배전쟁 때에는 선대가 주문한 성유물을 맘대로 들고 나간 게 이 오라비였다.

"……역시 무의식인가."

"이번은 특별해."

오라비가 시선을 돌렸다. 오, 이 반응은 새로운데. 향후 개척할 여지가 있을지도 모르겠군. 사람이란 10년 알고 지내도 생각보다 새로운 발견이 있기 마련이다.

"뭐, 여동생을 구해낸 기세 타고 저지른 실수라고나 생각해두지. 옳지, 옳지. 일단은 감사해 두마."

"왜 넌 이 흐름에서 감사를 전하는 게 마지막의 마지막이 되는 건데. 그러니 친구를 못 만들지."

"음! 그, 그러니까 친구는 당신하곤 관계없잖아?!"

"명색이 오라비인 이상, 동생의 친교 관계에는 책임이 있다. 아무리 그래도 전무한 건 바람직하지 못해."
"……호오오. 오라비여, 그런데 그 말은 본인도 베는 양날의 검이 아닐까?"
"음."
"아니지, 아냐. 오라비에겐 어엿한 벗이 있었지. 이건 실례했소. 누가 뭐래도 소중하기 짝이 없는 담보를 맡아줄 정도 아니던가."
"윽, 그 녀석은 관계없잖아!"
"……스승님."
극도의 긴장에서 해방된 편한 기분에 무심코 환담에 잠겨 있을 때, 그레이가 끼어들었다.
"한 명 더, 와요."
"……응?"
그레이가 노려보는, 숲의 그늘로 고개를 돌렸다.
앞선 두 사람과 엇갈려서 나타난 사람은 빛바랜 붉은색 머리카락의 여자였다.
"오오, 이런. 허겁지겁 와보니 재미있는 인물이 왕림하셨잖아."
그 여자를 본 오라비는 크게 눈을 부릅떴다.
"……당신은."
그리고 꼼꼼히 그 용모를 뜯어보다가 신음하듯 중얼거렸다.

"……고정하고 있는 건가."

"이봐, 이봐. 첫마디부터 그거야? 죽이고 싶어지니까 그만하지, 로드."

실로 사납게, 토코가 말했다.

그다음, 가슴주머니에 넣어둔 안경을 쓰고 부드럽게 웃었다.

"처음 뵙겠어요, 로드 엘멜로이 2세. 만나 뵈어 영광이에요. 아오자키라고 하면 아실까요?"

"당신이, 토코 아오자키……."

오라비와 토코가 나누는 대화의 의미는 내게도 전해졌다.

여태까지 의식하지 않았지만 실제 연령의 문제였다. 자세히는 기억 못하지만, 토코가 그랜드로 뽑힌 뒤로 적어도 10여 년은 경과했을 터다. 그런데도 그녀의 용모는 20대의 싱그러운 상태로 남아있는 것이다.

오해하지 말길 바란다.

단순히 젊게 꾸몄다는 말이 아니다. 마술에는 노화를 늦추게 하는 수단이야 얼마든지 있다. 불로장생은 어떻게 보아 마술을 진보하게 한 원천이라고 해도 될 정도다. 그러나 그녀의 용모는 도저히 그런 경지가 아니었다.

완전히, 그녀는 고정되어서 완성되었다.

단지 용모만이 그렇다는 게 아니고, 전체적으로 이미 고정된 것이다. 단순한 인상론이긴 했지만 이런 상대면 그런 첫인상이 묘한 의미를 띠는 예가 많았다. 물론 그런 첫인상을 역으로 이용하는 패거리도 있지만…….

"방금, 바이런 경과 스치며 사정을 들었는데요."

토코는 선뜻 화제를 뒤바꾸며 우리 오라비에게 물었다.

"당신이, 이 사건을 맡으시겠다고요?"

"그럴 생각이지요. 미욱한 몸이긴 합니다만 해결에 미력을 다하려고 합니다."

"그래요. 뜻밖에 도전적인 기질은, 엘멜로이의 전통인가 봐요."

"……초면이지 않나요?"

눈썹을 찌푸린 그레이의 말에 토코는 '후후' 하고 소리 죽여 웃었다.

"2세가 아니라 선대와는 인연이 있었죠. 옛날, 선대 당주의 의수(義手)를 제공한 적이 있었거든요."

"우……."

그레이의 표정이 변했다.

"그건…… 제4차 성배전쟁의……."

"어머, 알고 있었나요?"

뜻밖인 듯이 토코가 눈을 깜빡였다.

크게 목을 꿀꺽거린 그레이가 그대로 경직되었다.

"설마, 당신도 그 전쟁에……."

"아아, 오해하지 않아 줬으면 해요. 내가 직접 참가한 건 아니에요. 아까 말했듯이 2세와 제대로 얼굴을 마주 보는 건 처음인걸요. 값만은 2세가 치렀지만요."

"……그랬었지요."

오라비가 살짝 헛기침했다.

숲의 공기에 그 소리가 공허하게 울렸다.

"봉인지정이, 집행 정지되었다고 들었습니다만."

아무래도 오라비도 토코의 처분에 관한 명령은 일찍이 들었던 모양이다.

하긴 이래 봬도 시계탑의 중진이니 몇 없는 그랜드의 처우라면 아는 것이 당연한가.

응대하는 토코는 흥미 없는 눈치로 살짝 쓴웃음 지었다.

"당분간, 시계탑(그쪽)과 이쪽에서 타협이 지어질 동안은. 글쎄 몇 년이나 갈까요."

남의 일 같은 말투.

수많은 마술사가 동경하며, 동시에 두려워하는 봉인지정이, 그녀에게 한해서는 지극히 따분한 국제 뉴스 같은 취급 같았다. 그 또한 그랜드라는 초월성 때문일까. 아니면 그녀만이 특별한 것일까.

"어쨌든 이렇게 만나 뵈어서 기뻐요. 기대해보겠습니다, 로드 엘멜로이 2세."

손을 흔들고 옅은 미소를 건넸다.

2

——이번에야말로.

다른 사람들이 떠난 뒤에, 오라비는 카리나의 시체를 검시하고 있었다.

의외로 오라비는 시체가 아무렇지도 않은지 적어도 검시하며 당황한 내색을 보이진 않았다. 목숨을 건 투쟁도 무릅쓰는 마술사지만 누구나 주검에 익숙하냐면 그런 것도 아니다.

그럼 어디서 익숙해졌느냐면…… 역시, 답은 하나뿐이겠지. 이 남자의 인격형성과 성배전쟁은 도저히 떼어낼 수 없다.

샘가로 시체를 옮기고 피로 물든 상처 주변을 뒤졌다.

"……사인은, 한 방에 심장을 찔렸나?"

오라비가 작게 뇌까렸다.

어지간히 고위의 마술각인을 보유하더라도 심장을 당하

면 거의 즉사한다. 이 메이드도 조금쯤은 마술의 소양을 쌓고 있었을지도 모르지만 그래서는 살아날 방도가 없었을 것이다. 반대로 말하면 범인의 살의는 결코 애매한 수준이 아니었다는 뜻이기도 하다.

"이건?"

그 의복 속에서 오라비가 어느 장식품을 꺼냈다.

쪼갠 돌에다 끈을 매단 목걸이 같았다. 돌에는 소용돌이 무늬가 새겨져 있어 모종의 마술적인 의미가 있는 듯 비치기도 했다.

"……아무래도 켈트의 호부쯤 될까. 안타깝게도 도움은 못 될 것 같지만."

한순간, 오라비가 침통한 표정을 짓고서 정중하게 시체에게 눈을 감았다.

"내일에는 명복을 빌 수 있게끔 주선을 해보지."

그다음 탑으로 이동해 황금희의 시체도 확인했다.

일단 부탁한 대로 현장을 보존해 주었던 모양이라 시체가 되어도 변함없는 황금희의 아름다움에 천하의 오라비가 크게 숨을 집어삼키고 있었다. 이쪽도 한 차례 조사한 뒤에 다시 탑 밖으로 나왔다.

오라비가 고른 장소는 해의 탑과 달의 탑을 동시에 내다볼 수 있는 초원이었다.

산들산들 습한 바람이 부는 가운데, 마침 알맞은 느낌의 바위가 있어서 더는 걷기 싫다며 걸터앉아버렸다.

덧붙여 어느 한쪽 탑에 머물러 앉지 않은 이유는 다른 마술사의 주거지에서 중대한 이야기를 할 수 있겠냐는 오라비의 말을 참작한 것이다. 해묵은 마술사 가문씩 되면 토지의 돌멩이 하나하나에도 관리자의 의사가 배어든 게 당연하지만, 그래도 주거지와 비교하면 훨씬 낫다.

바위에 걸터앉은 오라비는 몇 번쯤 얼굴을 쓰다듬은 뒤 고개를 숙이고.

"……죽는 줄 알았다."

위장에서 벌컥 토해내듯이 뇌까렸다.

"조사하자마자 연약한 수준을 넘어선 푸념을 뱉지 말았으면 좋겠는데."

"어젯밤부터 거의 철야 중이고, 전철 안에서도 제대로 못 잔 데다가, 윈더미어 역에서 너와 만날 때까지는 내내 달려왔단 말이다! 그 끝에 조사에 또 조사라고! 노력은 인정해줬으면 좋겠군!"

명색이 로드가, 신입 샐러리맨 같은 말을 뱉어도 되는가. 아니, 노력만은 인정해달라는 신입은 어디서도 별로 환영받지 못할 거라고 보는데.

두통을 참는 기색으로 오라비가 품속에서 시가를 꺼냈다.

나이프로 끝을 잘라 뜸을 들이듯 불을 붙이고 듬뿍 빨아들인 다음.

“……일단, 지금까지 상황을 정리해볼까.”

향이 진한 담배 연기와 함께 말을 꺼냈다.

“사건 말인가? 개요는 메일로 보내둔 거와 같은데.”

“아니. 내가 정리해두고 싶은 건 어떻게 황금희와 백은희가 저만한 미를 획득했느냐다.”

오라비의 대답에 나는 눈썹을 힘껏 찡그렸다.

“잠깐. 오라비. 범인을 찾아서 날 구해주는 게 아니었어?”

“……스승님…….”

그레이의 어조에도 다소 비난하는 투가 섞인 거로 들린 건 기분 탓이 아니리라.

“아니, 아니……. 사건을 해명하는 데 필요한 거야.”

“……진짜로요?”

이건 또, 웬일로 그레이가 물고 늘어진다.

마술에 관해서는 이 남자가 숫제 본말전도 같을 수준으로 매달리는 걸 알기 때문일 것이다. 재능의 결여와 반대로 그런 점에서는 실로 ‘마술사다운 마술사’가 우리 오라비였다.

“그럼 일단 신용하기로 하고.”

그렇게 운을 떼고 나는 말을 이었다.

“황금희와 백은희의 술식에 대해, 우리 오라비는 뭘 알고 싶단 말이지?”

“아니. 그렇게 시큰둥해도 곤란해. 애초에 보다 아름다워지고 싶다는 건 대체로 어떤 여성이든 품는 소원이잖아.”

"별로, 생각해본 적은 없는데."

솔직한 기분을 토로하자 오라비는 깊게 한숨지었다.

"레이디. 그건 기만이거나 너무나 황폐하기 짝이 없는 인생 아닌가. 예를 들어 할리우드의 유명 영화 배우라도, 성형수술을 바라는 사람은 얼마든지 있지. 하물며 현대에는 수술도 다종다양. 메스를 대지 않고 가능한 성형 따위 넘쳐난단 말이야."

"……그런가요?"

그레이가 조심조심 끼어들었다.

어이쿠. 이런 부분에 달려들다니 뜻밖일세. 하지만 음색에는 아주 약간 그늘이 숨어있는 것처럼도 들렸다. 다음에 시계탑에 돌아가면 정성껏 화장해 줄까 속으로 마음먹은 순간에 오라비가 살짝 끄덕였다.

"화장이란, 본래 마술이거든."

자기 뺨 주변을 손가락으로 매만진다.

"현재 발견된 흔적으로는 가장 오랜 화장은 우리가 우리로 되기 이전── 수만 년 전까지 거슬러 올라가지. 눈과 코, 귀, 입 같은 구멍으로 벌레, 악마, 악령이 침입하는 걸 두려워해서 선명한 색을 칠했다고 한다. 지금도 이러한 액막이 화장은 뉴기니의 오지나 아마존에서 이루어지고 있으니, 어쩐지 친숙하긴 할 거야. 액을 막는 것과 반대로 수호해주는 영이나 신을 불러들이기 위한 화장도 있어서, 이 또한 현재의 영매 등이 물려받았지.

아무튼 처음에는 액을 막거나 벌레를 쫓던 화장인데, 고대 이집트 부근에서 크게 변화하지. 유명한 사례로는 기원전 14세기 경, 신왕국 시대의 왕비 네페르티티일까. 라피스 라줄리를 염료로 삼아 아이라인을 그렸다는 게 확인되었지. 물론 몸에는 유해한 게 많았지만 그 이상으로 『아름답게 치장한다』는 행위의 가치가 인정받기 시작한 거야. 그 뒤, 일부 화장의 유해성이 알려지고도 줄기차게 화장이 퍼져 나갔다는 점에서 미(美)라는 가치관이 얼마나 가공한지 찾아볼 수 있겠지."

술술 읊어대는 오라비가 나는 몹시 이상하게 느껴졌다.

평소, 여성의 미추 따위 아무래도 좋다는 표정을 짓는 만큼 그 입에서 화장의 역사니 뭐니 하는 말을 들어도 위화감을 씻을 수 없다.

그 위화감이 전해졌는지 오라비가 짐짓 헛기침한 다음 이어서 말했다.

"가령 메스를 대는 성형수술에만 한정해도 역사상 가장 오래된 사례는 고대 인도까지 거슬러 올라간다. 당시에 코를 베는 형벌이 존재했는데, 여기서 그나마 나은 얼굴로 만들기 위해 다른 곳에서 피부를 가져와 이식하는 수술을 실행했다더군. 그 밖에도 귓불에 구멍을 뚫어 늘리는 수술 같은 것도 실행되었다고 당시 의학서 『수슈르타 삼히타』에도 기록이 있지. 아무튼 이젤마의 마술도 이렇게 미를 추구한 역사 위에 성립되었다는 소리야. 기록으로는, 이젤마가 이 토지에서 연구를 시작한 뒤로만 봐도 10대 이상—— 대강 수백 년은 걸렸을 거다.”

거기서 오라비의 말은 일단 멎었다.

잠시 안 움직이겠다는 듯이 주저앉은 채로 그 눈초리가 내 쪽을 살폈다. 재촉하는 게 너무나 명백해서 그만 나도 콧방귀를 뀌고 말았다.

“변함없는 장광설인데, 요컨대 우리 오라비는 이렇게 말하고 싶은가? 이렇게까지 시간을 들이던 황금희의 연구가, 갑자기 꽃을 피운 데에는 뭔가 이유가 있는 게 아니냐고.”

“정확해.”

오라비가 끄덕였다.

푸른 하늘 밑에서 손가락을 빙글 돌린다. 엘멜로이 교실에서도 때때로 하는 버릇이다.

오라비는 시가를 두 손가락 사이에 끼우고 톤을 억제한 목소리로 말을 이었다.

“게다가 몇 가지 수상쩍은 소문을 주워들었지. ——바로 전달에 이젤마가 특별한 비보를 사들였다고 한다.”

“비보?”

눈썹을 찡그리며 내가 되묻자 완전히 시가 냄새에 물든 오라비는 가볍게 어깨를 으쓱였다.

“아무래도 회원만 초대하는 비밀 옥션이라고 해서 비보

의 정체까지는 알아내지 못했다만. 많은 마술사가 노리던 가운데, 이젤마가 거의 하나만 겨냥해서 사들였다더군."

오라비의 말에 그레이가 이상하다는 듯이 물었다.

"이젤마는 그렇게 부자인가요?"

"아니. 그런 소문은 들은 적이 없군."

오라비가 대답했다.

그 결과로 이젤마가 자금 조달에 궁해 있었다……는 말은 불가능하지도 않다. 본래 마술사란 매우 돈이 드는 장사이기 때문이다. 등가교환이라느니 하는 아름다운 원칙은 어차피 허울뿐. 고작 1그램의 황금을 만들어내기 위해서 수영장 하나 꽉꽉 채울 황금을 소비하는 낭비와 탕진이야말로 마술의 본질이다.

그리고 그런 낭비에서만 태어나는 환상 또한 존재한다.

"그러고 보니, 그치도 비슷한 말을 했었어. 꼭 원하는 주물이 있다나 뭐라나."

자칭 스파이란 말은 안 했다.

믹 그라질리에. 이젤마를 붕괴시키지 않겠냐고 권유한 남자. 참으로 수상쩍은 권유였기에 까먹어가고 있었지만, 그렇다면 비보의 존재 자체는 확실할 것이다.

"흠. 그럼 오라비는 그 비보로 황금희를 완성시켰다는 말을 싶은가?"

"……뭐, 처음에는 그렇게 생각했었다만."

흔쾌하지 못하게 오라비가 머리를 긁었다.

"시기가 도통 맞질 않아."

"시기가?"

"그래. 아까도 말했지만 황금희와 백은희의 술식은 태양과 달이 기준이야. 즉, 어떠한 비보를 어우르든 간에 그 주기를 기준으로 삼는데…… 요 한 달가량은 도저히 상황이 안 좋거든. 이것이 달뿐이라면 한 바퀴 돌 테니 수가 나지만, 태양과 달의 술식이라면 아무리 해도 마땅치 않아."

거기까지 듣고서 겨우 한 가지 납득이 갔다.

"……옳거니. 우리 오라비인데도 정말로 사람이 안 좋군."

"무슨 말이죠?"

옆에서 갸웃한 그레이의 물음에 나도 쓴웃음 지으면서 입을 열었다.

"즉, 아까 오라버니가 바이런 경 앞에서 마술을 해체해 보인 짓은, 황금희와 백은희에게 쓰고 있는 게, 정말로 태양과 달의 술식인지 확인하는 의미도 있었던 거지?"

"……아."

겨우 깨달았는지 후드 쓴 소녀가 눈을 크게 떴다.

"아무래도 그렇게 욱한 게 연기라고 생각하긴 어려우니 말이야. 아니, 아니, 오라버니도 시계탑에서의 행동이 퍽 몸에 익기 시작하지 않았는가."

"……다른 마술사에게 드러나지 않게, 일부러 다른 명칭을 다는 경우도 있어. 하긴 그러한 경우라도 상징성이 떨어지지 않도록 어느 정도 가까운 인상의 이름을 짓기 마련인데.”

중얼중얼 변명같이 뇌까린 오라비를 무심코 그만 즐겁게 바라보고 마는 건 용서해줬으면 좋겠다. 대신에 거기까지 저지른 이유는 구태여 캐묻지 않고 놔두겠다.

“그렇다고는 해도, 이 풍경이라면 그런 의심을 가질 필요는 없었을지도 몰랐지만.”

“응? 무슨 뜻인가?”

내가 되묻자 참으로 못난 학생을 거느렸다고 말하듯이 오라비는 얇은 눈썹을 찌푸렸다.

“음. 뭐냐, 뭐야. 그런 표정을 할 것 없지 않나. 뭔가 알아차린 게 있으면, 귀여운 여동생에게 가르쳐주면 어때서.”

“입맛대로 여동생과 학생의 입장을 바꿔치지 마. ——어쨌든 여기서 저 두 탑을 보도록.”

“음음?”

그 말대로 탑을 돌아보았다.

왔을 때와 똑같이, 기묘하게 기운 두 건축물은 흡사 개미지옥이거나, 극동의 오니(鬼)[오거]의 뿔처럼 보인다. 다만 이 방향에서는 마침 기운 태양이 시야에 들어와서 눈부신 빛과 함께 긴 그림자를 이쪽에 뻗고 있었다.

‘……응? 그림자?’

거기까지 알아차리면 오라비가 하려고 했던 말은 금방 알 수 있었다.

"……아아!"

"……라이네스 씨?"

의아하게 부른 그레이 앞에서 무심코 머리를 부둥켜안고 말았다. 대관절 왜 저런 걸 못 보고 넘어갈 수 있었단 말이지? 아무리 그래도 이것만은 오라비가 어이없어하는 태도에 찬동하고 말았다.

바위에 걸터앉은 오라비는 시가를 입술에서 떼고 연기를 피우며 답을 말했다.

"해시계와 달시계야. 저렇게 당당히 내보이면 되레 눈치채기 힘든 법이지만."

"아."

그 말에 그레이도 크게 끄덕였다.

해의 탑 자체가 극히 거대한 해시계인 것이다. 묘하게 기운 탑이다 싶었는데, 설마 그런 의미가 있었을 줄이야.

"……그럼, 달시계라는 건."

"요는 해시계와 똑같아. 단, 달시계는 보름달 때에만 기능하지. 덩달아 말하자면 양쪽 다 정확하게는 기울기가 부족하지만 그 점은 저 만곡도나 시계판이 된 땅 쪽에서 보정을 가하고 있는 거겠지. 대충은 이해하셨나? 레이디."

"그래. 이렇게까지 규모가 큰 장치를 만들어놓고 이젤마의 마술—— 황금희, 백은희와 관계없을 수는 없겠지."

고개 떨군 채로 긍정했다.

아니, 이번은 좀 한심하다. 놓쳤다고 해도 정도가 있지.

"그럼 태양과 달의 술식이 마땅치 않다는 말도, 이 시계를 두고 하는 소리군."

"맞아. 달시계가 정상적으로 기능하는 건 달에 한 번뿐이지만, 해시계 쪽도 그럭저럭 오차가 항상 발생하지. 지구의 공전 궤도—— 태양의 주위를 도는 궤도가 타원이기에 균시차를 모면할 수 없기 때문이야. 그렇기 때문에 태양과 달의 술식을 쓰는 이는 달이 차고 이지러짐과 균시차를 계산에 넣는 게 기본이지. ……하지만 극히 최근에 아까 비보를 도입했다면 도통 날짜가 맞지 않는단 말이야."

"날짜?"

"그래. 본래 태양과 달의 술식에서 가장 좋은 건 한낮의 일식이다. 어쨌든 간에 초승달이든 태양이든 정점에 위치하고 있으니까. 그리고 다음으로 좋은 게 보름달 시기의 한낮. 지구를 사이에 놓고 태양과 달이 일직선으로 마주보는 오포지션(Opposition). 뭐 점성술적으로는 흉조지만, 마술에 이용하기에는 형편이 좋지."

나뭇가지를 주워서 땅바닥에 원과 무늬를 쓱쓱 그린다.

이럴 때까지 강사 버릇이 안 빠지는구나 싶으면서 보고 있었는데, 새겨진 무늬에 나도 살짝 눈을 깜빡였다.

"홀로스코프인가."

엘멜로이 2세가 설명하는 이상적인 천체 배치

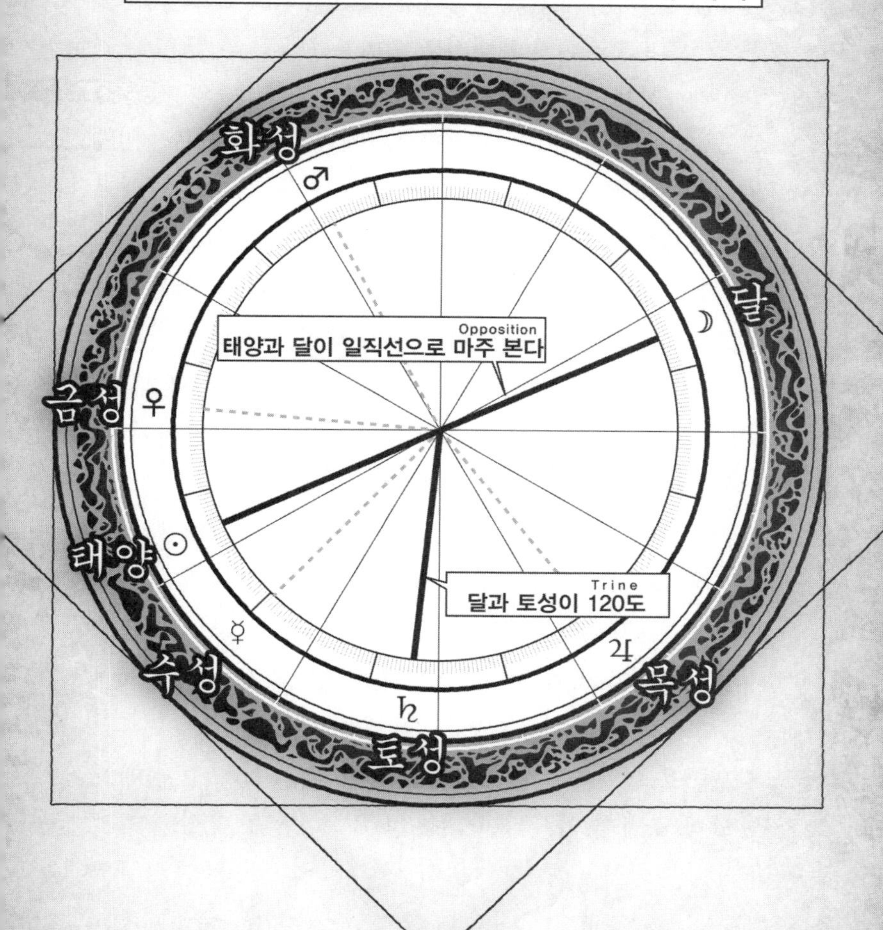

즉, 천체의 배치도다.

마술사가 아니라도 잡지의 점술 같은 거로 한 번은 본 적이 있을 것이다. 대충 행성과 황도 십이궁으로 이루어진 그 도형을 우리 오라비가 서벅서벅 새겨나갔다.

"그래. 천체과(아니무스피어)가 아니어도 이 정도는 기본 중의 기본이지. 그래서 오포지션의 시기라면 1개월 내에도 있었지만, 차선이라고 말한 데에는 이유가 있다. 본래 흉조라는 까닭도 있어서 다른 행성의 위치 관계도 간섭하거든. 태양과 달이라면 같은 위치거나 반대 위치가 기본이지만, 행성이라면 120도(트라인)가 필요해. 이번 경우, 황금희와 백은희에 관계된 술식이니 조형을 관장하는 토성과 120도 위치여야만 하지. ——최근의 오포지션은 여기서 아웃이야. 아아, 고전에 준거하니 명왕성과 해왕성은 애초에 제외했고."

꼼꼼하게 다른 행성의 배치까지 써놓은 다음, 태양과 달을 가리키고 거기서 120도 위치에 있는 토성을 짚었다.

"오호라……. 이상적인 위치에 왔을 경우, 애초에 보름달 시기의 한낮이 되지 않는단 말이군. 그러고 보니 시계탑에서도 그런 수업을 했었지."

"별들을 이용하는 마술을 다룬다면 필수 사항이다. 태양과 달의 조합이 아니라면 낮과 밤을 신경 쓸 필요는 없지만."

"……흐응."

잠시 생각하다가 입을 열었다.

"애초에, 비보인지 뭔지를 황금희에게 썼다고는 단정할 수 없지 않나?"

"……그럴지도 모르지만."

이 부분에선 웅얼웅얼 어미를 흐리며 오라비가 자신의 관자놀이를 두드렸다. 살짝 기개 없이 지론에 얽매이는 건 오라비의 습성이었다. ……요컨대 짠돌이 기질이라 한 번 확립한 가설을 내버리기가 아까운 것이다. 그러면서 논문에서는 크래시&빌드를 취지로 삼고 있는 판국이니, 절절히 기호와 재능이 일치하지 않는 남자이긴 하다.

한 박자 띄우고.

"……게다가 아오자키 토코가 있었다면 생각해야 할 사항은 싹 달라지지."

이어지는 한숨은 더더욱 막막한 것이었다.

실인즉슨, 이번 사건에서 그 사실은 어떻게 보면 진범 이상의 중대한 위치를 점하고 있기 때문이다. 마찬가지로 침묵하자 내 심정도 전해진 모양이다.

"아무래도 레이디도 고려하고 있었나 보지?"

"그래. 물론 알고말고."

끄덕이고, 지긋지긋한 기분과 함께 말했다.

"죽은 황금희는 진짜였는가, 아닌가."

그것은 아오자키 토코라는 그랜드의 마술사를 본 뒤로 머리 한구석에 내내 들러붙고 떨어지지 않는 물음이었다.

그리고 오라비는 그다음으로 의문을 진행한다.

"한술 더 뜨자면, 황금희와 백은희—— 어느 한쪽이 인형이지 않느냐는 말이지."

"……네?"

그레이가 멍하니 눈을 깜빡였다.

나와 오라비를 번갈아 쳐다보며 갑자기 세상이 회색으로 변모한 것처럼 망연히 말했다.

"……인형……이라니, 하지만 소제가 본 황금희는 분명히."

"그래. 인간으로밖에 안 보였고말고. 그런데 그 자리에 아오자키 토코가 있었다면 이야기는 전혀 달라져."

그렇게 말하고 나는 손가락 두 개를 들었다.

"그녀가 시계탑에서 거둔 업적은 여럿 있지만, 특히 두드러지는 건 두 가지야."

그렇다. 두 가지다.

두드러진다고 쉽게 말했지만, 마술사의 최고봉인 시계탑에서 주목하기에 마땅한 연구라는 건 좀처럼 없다. 기본적으로 마술이란 과거에 봉사하는 학문일뿐더러, 대부분이 강렬한 개인주의자이기에 중대한 연구일수록 부둥켜안고 있기 때문이다. 그 때문에 만약 모종의 연구에서 한 수 높게

쳐준다면 그들이 부둥켜안은 연구 성과마저 압도하는 수준이어야만 한다.

시계탑에 오래 머문 마술사 대부분이, 주의주장은 별개로 치고 모종의 파벌에 속하는 이유는 여기에 있다. 시계탑에는 자고로 최고의 환경이 마련되었지만, 진실로 오의를 지향해 연구를 거듭하고 싶다면 파벌에 비장된 성과를 개진받지 않으면 얘기도 안 되기 때문이다.

단, 내 지식이 확실하다면, 아오자키 토코는 창조과를 포함한 몇 군데 교실을 건너다녔음에도 불구하고 끝내 파벌에 속하지는 않았다.

그러면서도 그녀가 이룩한 업적은――.

"하나는, 마술기반이 쇠퇴한 룬의 재구축."

기억을 되새기며 검지를 접었다.

"룬 마술 자체는 유명하고, 일부 마술사는 예로부터 활용 · 연구하고 있었지만, 그 대다수는 유실된 지 오래거든. 그런데 그녀는 그 유실된 대부분을 재구축해냈어. 소문이 사실이라면 기초가 되는 공통(푸사르크) 룬 스물네 문자의 마술적 재생은 물론이거니와, 신대에 사라졌을 원초의 룬마저 몇 문자쯤은 해석했다고 하지. 뭐, 전자의 이권은 시계탑에 팔아치웠고, 후자에 관해서는 그녀가 봉인지정되었을 때 엄중하게 보관된 것 같지만."

시계탑이 곧잘 하는 짓이다.

비교적 편리하고 저위의 술식에 관해서는 마술특허로서 이권으로 삼지만, 정말로 고위의—— 한 파벌의 오의에 필적할 만한 것에 관해서는 금주(禁呪)로서 관리한다는 구실로, 보물고에다 압수해버린다. 그 관리된 지식이 도대체 다른 누군가에게 가닿을 날은 올려나 말려나. 참고로 룬에 관해서는 툴레 협회에도 오리지널이 존재한다지만, 이쪽도 사장된 채로 마술기반이 쇠퇴한 것조차 마음에 두지 않았다고 하니 마술사의 은닉 애호 기질에는 기가 막힌다.

"또 하나는, 탁월한 인형사로서야."

중지를 접는다.

그러자 그레이가 고개를 갸우뚱 기울였다.

"……분명히…… 인체모조의 마술개념은……?"

그것은, 오토마타가 나타났을 때 나도 했던 생각이다.

"그래. 룬 마술과는 다소 사정이 다르지만, 인체모조의 마술개념도 이미 쇠퇴했어. 말해보자면 그녀는 둘이나 되는 마술을 현대에 재구축해낸 것이지."

"…………."

그레이의 침묵에 내 쪽이야말로 힘차게 끄덕이고 싶었다.

그렇겠지. 어처구니없다고 생각한다. 명색이 쇠퇴한 마술을 둘이나 현대에 되살리다니, 차라리 희극적이다. 그것은 죽은 자의 소생과도 동등한, 일종의 모독적이기까지 한 소행이다. 자기가 무슨 신이라도 되는 줄 아느냐고 악담을 퍼붓고 싶어지는 내력이다.

하지만 그렇기 때문에 비로소 그랜드일 수 있다.

사실상의 최고위── 브랜드를 초월하는, 시계탑의 정점.

거기서 겨우 눈치를 챈 것처럼 그레이가 고개를 들었다.

"그럼, 그 오토마타도!"

"무난하게 생각하면 아오자키 토코의 작품이겠지만……."

어미가 막히는 것을 나는 느꼈다.

당최 이쪽은 자신감이 없는 것이었다. 확실히, 그밖에 그만한 오토마타를 창조할 수 있는 마술사는 없다. 시계탑 전체를 내다보더라도 그 아오자키 토코를 빼고서는…… 과연 한두 명이나 있을지.

그러나 그렇다면 그런 오토마타를 마술사 사이의 범죄에 사용할까? 그래서는 '범인은 아오자키 토코입니다' 라고 명찰을 달고 있는 거나 마찬가지다. 그 여자가 그렇게 바보 같은 짓을 할까? 아니면 들킨 다음에 다시 이쪽을 빠트릴 함정을 준비하고 있는 것일까?

애초에 상황상 진범을 추궁할 만한 자리가 아니다. 바르토멜로이 파인 나를 궁지에 몰고 싶다는 의도뿐이라면, 그런 수단을 쓸지도 모르겠지만…….

"……그쪽은, 그 밖에도 몇 가지 수단이 있지."

듣고 있던 오라비가 끼어들었다.

"예를 들면, 마술개념이 쇠퇴하기 이전의 오토마타를 사들여서 현대답게 개수한다는 건 가능하겠지. 위조품 제작에서 시대에 따라 낡게 꾸미는 것과 반대의 방법론이야."

"……아아, 옳거니."

저도 모르게 수긍했다.

이런 발상의 전환에 관해서는 유달리 시원시원한 게 오라비답기는 했다.

바람이 울었다. 어쩐지 불길한 음향은 이번 사건의 비밀을 나만은 알고 있다며 비웃는 것처럼도 들렸다.

"……그 추리에 따르면, 죽은 황금희는 아오자키 토코가 만든 인형이고, 황금희는 아직 살아있을지도 모른다는 뜻인가요?"

"뭐, 그리되지."

"그럼 범인의 목적은 대체 뭐죠?"

소박한 그레이의 물음에 오라비는 턱 주변을 잡고 골똘히 생각했다.

"……처음부터 이젤마가 우리를 속여 넘길 속셈이었다는 생각도 해봤지만, 그건 리턴과 리스크의 균형이 지나치게 안 맞는군. 엘멜로이(우리)를 끌어들이는 게 플러스가 되는 이유는, '최소한의 코스트로 가능하다면' 이라는 전제가 있어서지. 이래서는 품이 다소 과하게 들었어. 이쪽 잘못이라면 몰라도 명백하게 함정에 빠트리고 끌어들였다고 해서는, 진짜로 바르토멜로이가 잠자코 있을 리 없지."

"……그래."

나도 끄덕였다.

"시계탑에 전쟁을 일으키고 싶은 거라면 또 별개지만, 현재 트란벨리오 파와 바르토멜로이 파에는 거기까지 압도적인 차이가 없어. 다다를 지점은 아무도 이득을 못 보는 진흙탕 전쟁이겠지. 뭐, 성당교회 쪽은 희희낙락할지도 모르겠다만."

신비박멸(神祕撲滅)을 내세운 성당교회와, 신비음덕(神祕陰德)을 내세운 마술협회는 기본적으로 물과 기름 사이다. 뭐, 명목이라고는 해도 하느님을 숭배하는 단체와 마술근본의 조직이 사이가 좋을 턱이 없다.

오라비의 말로는 대다수의 서양 마술은 하느님의 존재를 전제로 삼은 것이라는데, 그건 다시 말해 하느님을 『수단』으로 이용하는 것이라 모태부터 『신앙』하는 상대가 보기엔 더더욱 부아가 치밀 뿐이겠지.

"…………."

거기서 화제가 끊기고 잠깐 침묵이 내려앉았다.

"맞아."

문득 떠올라 나는 품속에서 손수건을 꺼냈다.

정확히는 그 안에 싸고 있던 물건이었다.

"오라비. 이 가루를, 봐줄 수 있을까?"

황금희의 사망현장에서 채취한 가루였다. 모종의 마력을

띠고 있는 점까지는 알았지만, 그 이상은 파고들지 못한 물건이다.

"흠……. 잠시만."

손에 들고 있던 작은 가방에서 오라비가 확대경을 꺼냈다.

연금술사——라기보다 백 년쯤 전 경찰의 감식 같은 모습이지만, 오라비의 경우에는 아무리 봐도 이쪽 복색이 어울린다. 절실하게 시계탑의 마술사에 안 맞는 타입이긴 했다.

"……이건 재인가?"

"나도 비슷하게 생각했는데 말이야. 그 이상은 깜깜해."

어깨를 으쓱인 것을 오라비는 눈치도 채지 못했다.

한동안 홀린 것처럼 재를 응시하고 있었다. 확대경 너머로 잠시 응시하고 있다가, 확대경까지 벗고 직접 노려보더니 종국에는 그 재 한 움큼을 놀랍게도 자기 입에 던져 넣은 것이다.

"잠깐! 오라비, 정신이라도 돌았나!"

"…………."

입속으로 한동안 혀를 움직이고 자기 손에 뱉어낸다.

오라비는 손바닥에 묻은 부착물을 잠시 관찰하다가 자그맣게 속삭였다.

"……아아, 이쪽은 짐작이 간다."

"호오? 영락없이 개돼지 전생이라도 되살아난 줄 알았다."

"전생이라니 퍽 오리엔탈리즘스러운 발상이군 ……그런

데 페로일까, 바실레일까? 아니면 밀로의 비너스처럼 그리스까지 거슬러 올라갈 셈인가……?"

고개 숙인 채로 오라비는 한동안 중얼중얼 뇌까리고 있었다.

실로 이쪽이 안 보이는 게 아닐까 싶을 정도였다.

"……이봐, 오라버니?"

"잠시, 생각하게 해다오."

신음하듯 오라비가 말했다.

3

달의 탑 최상층에, 그 공방은 있었다.

대다수 마술사는 지하나 최상층에 공방을 둔다. 그것은 지맥에서 『힘』을 받느냐, 하늘에서 『힘』을 받느냐의 차이다. 이 섬나라(영국)에서는 다소의 특수 사정 때문에 전통적으로 지맥이 강해서 시계탑도 지하에 많은 공방을 두고 있지만, 이젤마는 예외였다.

수많은 서책과 시험관, 증류기에 철학자의 알(flasco)이 미어져라 비치되었다. 창조과의 파벌다운 점은 그런 것 중에 미려한 회화와 조각도 섞여 있는 점일까. 방구석에 놓인 캔버스와 찌든 테레빈유(油)의 냄새로 보면, 공방의 임자인 바이런 경도 손수 붓을 잡을지도 모른다.

그런 가운데, 지금은 하늘하늘 향이 강한 연기가 날리고 있다.

해포석(海泡石, meerschaum)의 담배 파이프였다.

다른 사람 앞에서는 거의 피지 않게 됐지만, 해포석 파이프에 살담배를 채우고 연기를 피우는 한때는 그에게 있어 귀중한 시간이었다.

다만 오늘만은 그 맛도 그의 마음을 달랠 수는 없었다.

——『당신이 하는 일은 인간의 내부에 행성의 운행을 도입하는 행위죠.』

바이런 경은 그 말을 떠올리고 있었다.

그 남자는 도대체 어디까지 접근한 것인가. 주위에 권위를 내세우기 위해 황금희 · 백은희의 술식은 그다지 은폐하지 않았지만, 만나자마자 이렇게나 핵심을 찔린 것은 처음이었다.

물론 거기서 들은 말은 어디까지나 개요에 불과하다. 발단이 되는 아이디어 정도는 이제 와서 아까워할 것도 아니고, 그걸 계기로 슬쩍 발을 들여놓아 봤자 자신들의 경지까지 다다를 수 있을 턱이 없다.

하지만.

하지만, 하고 생각하게 하는 뭔가가 그 남자에게는 있었다. 만약 그대로 방치해 놓으면 그 남자는 어디까지 다가설까 하고. 그리고 그 말을 로드 밸류엘레타나 그랜드의 아오자키 토코 등, 『실행할 수 있는 천재』가 들어 버렸다면 어디까지 재현할까 하고.

"……큭, 제길."

이를 갈고 바이런은 파이프의 물부리를 세게 깨물었다.

그는 자신들이 이룩해 온 수백 년이 짓밟힌 듯한 공포를 느꼈다. 역사만 따지면 그야말로 엘멜로이의 원래 본가인 아치볼트 이상이건만, 이젤마 가문은 아무리 해도 일정 이상으로 더 나아갈 수가 없었다. '인간의 몸으로 지고한 미를 재현한다' 라는 길은 일찍부터 설정했으면서도 마술사로서는 오래도록 제자리걸음 중이었다.

그러나 자신의 대에서 이번의 황금희 · 백은희는 간신히 그 이상(理想)에 다가섰다.

'……조금만 더 하면.'

조금만 더 하면, 손이 닿는다.

그 로드 밸류엘레타마저 이번 피로연은 절찬을 아끼지 않았잖은가. 아아, 갑자기 극동에서 나타나서 그랜드를 찬탈한 그 계집애도 지금의 자신을 무시할 수는 없으리라.

그렇기에 바이런은 한결같이 버둥거렸다. 생각할 수 있는 한 모든 수단을 다해 그 계집애에게도 머리를 조아리고, 앞으로 불과 몇 걸음을 나아가려고 했다.

"그렇건만, 이놈이고 저놈이고……."

다시 파이프를 으득 깨물었을 때.

"――바이런 경."

이름이 불렸다.

"아아, 왔는가."

공방 입구를 돌아본 바이런은 두 남자와 메이드의 모습을 인식했다.

이슬로 세브난.

마이오 블리시산 크라이넬스.

그리고 레지나였다.

"백은희―― 에스텔라가 있는 이상, 황금희의 상실은 돌이킬 수 있어."

바이런은 그들에게 천천히 입을 열었다.

실제로 그러했다. 사건의 충격은 컸지만, 아직 충분히 만회할 수 있다. 이젤마의 혈맥이 만들어낸 황금희와 백은희는 서로 예비품이란 의미도 띠고 있다. 한쪽을 잃어버리더라도 그 사실은 후퇴를 의미하지 않는다.

파이프를 문 장한의 시선은 우선 자신의 머리카락으로 직물을 짠 마술사에게로 돌아갔다.

"그런데 네 드레스는 어떻지?"

"……제…… 드레스는 완벽합니다……."

고개 숙인 채로 이슬로가 대답했다.

그 긴 손가락에, 마찬가지로 긴 바늘과 실을 얽고 있었다.

서양에는 길쌈에 관한 마녀와 여신의 전설이 많이 존재한다. 잠자는 숲의 미녀는 마녀에게 물레 바늘에 찔려 죽는 저주를 받고, 또는 그리스 신화에도 운명의 실을 잣고, 나눠주고, 끊어내는 세 여신(모이라이)이 존재한다.

그가 짓는 드레스는 그러한 오래된 전승에 기초한 것이었다.

잇따라 바이런은 다른 한 마술사에게로 시선을 돌렸다.

"네 약은 어떻지?"

"저, 저는, 아얏."

당황해서 혀를 깨물었는지 마이오는 입가를 잡고 나서 고쳐 말했다.

"제 약도, 완벽합니다. 디아도라 님과 마찬가지로 에스텔라 님이 백은희로서 어울릴 수 있도록 협력하겠습니다."

이 둘은 황금희 · 백은희에게 있어 빼놓을 수 없는 마술사였다.

그렇기 때문에 다른 파벌임에도 불구하고 빈번하게 바이런의 공방에 불러들인 것이다. 그들은 파벌의 울타리를 넘어서 이젤마의 목적—— '지고한 미를 가진 인간을 만들어낸다' 는 것에 예로부터 찬동해준 혈맥이었다.

"카리나가 없어도 준비에는 문제없겠지."

"……그럴 생각입니다."

레지나가 머리를 조아렸다.

곰팡이 섞인 공기에 잠시 침묵이 내려앉았다.

"좋아."

바이런은 지팡이를 찍고, 그 소리가 공방에 은은하게 울려 퍼졌다.

"그 탐정 행세하는 로드가 어떤 결론을 낼지는 모르겠지만 우리와는 관계없다. 숙연히 미를 추구할 뿐이다. 때에 따라서는 엘멜로이에게 책임을 묻지. 선대가 죽어서 충분히 도려낸 다음이지만, 지금이라면 또 다른 이문도 있겠지."

엘멜로이 교실이라고 하면, 뉴에이지에게는 희망의 별이라고 한다. 쌓아둔 이권은 곧바로 금전으로 변환할 수 있을 만한 것이 아니라고 해도, 자신들 같은 오래된 가문이라면 쓸 방법이 있을 터다. 아무리 허약하다고는 해도 명색이 현대마술과를 지배하고 있으니, 열두 가문 아닌 자로서 보면 그 과실은 가늠할 수 없었다.

뱃속부터 치미는 야심이 그를 충동질하고 있었다.

딸의 죽음조차 지금의 그를 잡아둘 장애가 되지 못한다. 아아, 본래 황금희나 백은희나 마술사가 아니라 실험재료에 불과한 것이다. 자신이 마술각인을 물려주어야 할 아들은 새로 다시 만들어야 하겠지만, 그건 어떻게든 될 일이리라.

"——저, 바이런 경."

마이오가 끼어들었다.

"범인을, 찾을 필요는 없는 건가요?"

그것은, 그로서는 당연한 질문이었다.

설령 백은희라는 예비가 있다고는 해도, 또 엘멜로이를
이용하기 위한 계기로 써먹을 수 있다고는 해도, 황금희를
죽인 범인을 자유롭게 놔둘 수는 없다. 애당초 사건이 해결
되지 않으면 자신들 또한 언제 살해당할지 모를 상황이다.

전투면에서 뛰어난 마술사라면 그런 건 살해당하는 쪽이
잘못이라 치부할지도 모르겠지만, 마이오도 이슬로도 그렇
지 않다. 각자 비장의 수단은 있을지도 모르지만 다른 이와
의 전투에서 절대적인 자신감을 가질 만한 타입은 아니었
다. 그 점에서 그 박리성 아드라에 모여 있던 인물들과는 크
게 양상이 달랐다.

"즉, 너는 그 라이네스인가 하는 소녀는 진범이 아니라는
소리냐."

"……아, 아뇨. 그런 소리는."

횡설수설 마이오가 말했다. 그렇지만 타고난 약한 성정
때문에 그 이상의 말이 도저히 나오질 않았다.

"너희가 신경 쓸 필요는 없다."

"하지만."

"신경 쓸 필요는 없다고 했어."

버티려는 마이오를, 바이런이 일언지하에 내쳤다.

"……네."

깊게 고개를 숙인 마이오에 이어서 세 사람 모두 공방을

떠났다.

그 모습을 지켜본 뒤에 바이런은 문을 노려보며 나지막하게 속삭였다.

"……하지만 하나쯤 술수가 더 필요할지도 모르겠어."

*

아오자키 토코의 방은 달의 탑에 마련되어 있었다.

다른 손님은 대체로 해의 탑에 묵고 있었는데, 그녀만이 달의 탑에 있는 이유는 토코가 사교모임 이전부터 온 손님이기 때문이었다. 이따금 청하면 마술에 관해 적당한 조언을 던지는 거로 보아 성질로 따지자면 식객에 가까웠을지도 모른다.

오래 체류하고 있기 때문인지 방에도 그녀의 취향이 꽤 반영되었다. 낡은 지구의나 뒤죽박죽 쌓인 문방구, 속된 가십 주간지와 철학서와 마술서의 잡탕에 섞여서, 거의 잡동사니와 분간이 가지 않는 용수철과 양철 장난감이 대량으로 놓여있는 것 또한 아마 그 때문일 것이다.

현재 그녀가 앉은 책상에는 진한 세월이 묻은 필름식 영사기가 놓여 있었다.

"역시 이젤마의 관리는 대단한걸. 백 년쯤 된 물건은 골동품적인 가치를 찾기에는 미묘한 세월이라 대개 삐걱거리는데.”

반한 눈으로 영사기를 요리조리 뜯어보며 토코가 중얼거렸다.

그녀의 경우, 물론 마술적인 요소에도 역점을 두지만 오히려 그 사물에 얼룩진 시간을 중시한다. 사람의 손을 건너다닌 보석 쪽이 다양한 사념이 배어서 마술적인 가공을 하기 쉽듯이, 낡은 도구 또한 갖가지 인간의 상념에 접촉해 은밀히 신비의 싹을 틔우기 때문이다. 그 대부분은 잠재된 채로 끝나지만, 극히 드물게 개화시킨 사물을 가리켜 그녀가 태어난 나라에서는 츠쿠모가미(付喪神)라는 식으로 불렀다.

“너는 뭘 비춰왔어? 앞으로는 뭘 비추고 싶어? 전에 만들어낸 애는 아무리 손봐도 결함이 남기에 레이엔 여학교에 놔두고 말았는데.”

영사기에 호소한다.

가늘어진 눈과 플라이휠 주변을 어루만지는 손가락은, 영사기에 새겨진 역사를 직접 해석하려는 것 같았다.

그 손을 멈추지 않고.

“——그래그래. 얼른 나오는 게 좋아.”

목소리를, 던진다.

그런데 방에는 토코 한 명밖에 눈에 띄지 않는다. 개인용품에 파묻힌 그녀의 모습은 이 넓은 방에서 도리어 두드러지는 것 같았다.

그러나.

문 옆에서, 어느 인영이 모습을 드러냈다.

"——뭐야, 너군. 이제 와서 올 줄은 몰랐다고."

안경을 벗고 토코는 말했다.

그녀에게 이 안경은 바깥 세계에 대한 대응을 바꾸는 스위치다.

보는 시각이 달라지면 대응이 바뀌는 것도 당연하다고 그녀는 생각한다. 왜냐면 한 인간에게 세계란 결국 자기가 인식할 수 있는 한도이지 않은가.

반대로 말하자면 원자(原子)니 우주니 하는 세계를 인식한 순간, 인류의 세계는 확실하게 넓어졌다. 물론 넓어진 것이 행복한지 불행한지는 별개 문제지만. 단칸방에서 호화로운 대저택으로 이사했으니 행복해진다고 단정할 수 없는 건 만국공통일 것이다.

"나는 범인이 아니라고? 아아, 그런 건 아무래도 좋아. 딱히 사건의 범인 수색에는 흥미 없어. 그건 이곳에 모여 있는 이들 대부분이 그렇지 않을까?"

'그 수준만큼은 다들 마술사(인간 말종)잖아.' 라고 토코는 말했다.

라이네스가 떠올린 생각과 거의 같은 내용이긴 했다.

사건이라면서 이번 살인은 결코 진범 수색에 초점이 맞춰지진 않았다. 그 핵심에 있는 건 마술사 사이의 파벌 항쟁이며, 대리전쟁이다. 황금희나 그 메이드를 죽인 범인이란 그 항쟁에서 카드 한 장에 불과하다. 매우 중요한 카드이긴 하지만 결정적인 증거도 없는 한은 거기서 그친다.

가장 의미가 있는 것은 이 사건을 계기로 어떤 파문이 일어나느냐다.

현재, 바르토멜로이가 이끄는 귀족주의와 트란벨리오가 이끄는 민주주의는 팽팽하게 맞서고 있다.

하지만 이로써 엘멜로이가 망하게 된다면 저울은 확실하게 트란벨리오에게 기울 것이다. 엘멜로이의 규모를 고려하면 결코 치명적이진 않지만, 시계탑에 충격을 주기에는 충분한 일격이다. 파문은 새로운 파문을 부르고, 때에 따라서는 마술사 사이의 전쟁조차 일어날지 모른다.

냉전에서 열전으로 말이다.

물론 로드 밸류엘레타도 바이런 경도 그 사실은 낱낱이 알고 있다. 로드 엘멜로이 2세의 개입을 인정한 이유도 결국은 그가 라이네스 이상의 거물이기 때문이다. 설령 명목상일지라도 로드의 이름을 내건 그에게 책임을 직접 물을 수 있다면 그 메리트는 몇 배나 더 커진다.

예를 들자면, 정말 엘멜로이에게 트란벨리오 파로 돌아서라고 촉구하는 것마저 고려할 수 있을 것이다.

"이노라이 선생님은 그 남자에게 꽤 집착하는 것 같으니 말이야. ——아아, 정말이지, 마술사들은 변함없어."

토코가 불쑥 뇌까렸다.

혹시 옛날의 그녀를 아는 사람이라면── 예를 들어 이 노라이가 들었더라면, 그 말에 서린 희미한 위화감에 눈썹을 찌푸렸을지도 모른다.

그런 말투면, 바로 최근까지 마술사(인간 말종)가 아닌 가치관과 오래도록 접해온 것 같지 않느냐고.

"그래서, 뭐지? 그가 찾아온 것 때문에 벌벌 떨고 있다 이건가. 그치는 확실히 마술사로서는 범용하지만, 연구자로서는 일류야. ……덧붙여서 남의 마술을 판별하는 일에 관해서만은 초일류라고 해도 될지 모르겠군."

인영은 몇 가지 말을 마주 내던졌다.

"호오. 크게도 마음먹었잖아."

뜻밖인 듯 토코가 돌아보았다.

인영이 가져온 내용과 조건이 그녀가 보기에 예상 밖이었기 때문이다.

"아아. 사정 설명은 됐어. 그 보수라면 충분해."

몹시 가벼운 가락으로 토코는 끄덕였다.

그다음.

"그 조건이라면, 나는 그의── 로드 엘멜로이 2세의 적으로 돌아서지."

*

낮에도 어두운, 숲의 어둠이었다.

사건 현장에서 살짝 떨어진 해의 탑 동쪽에 펼쳐진 숲이었다.

울창하게 우거진 잎사귀가 햇빛을 막고 그 어둠 안쪽에서 갈라진 목소리가 발생했다.

"어쩔 거지? 엘멜로이 2세의 말투를 들었잖아. 벌써 절반은 다 폭로된 거나 마찬가지야. 이 상황이면 내일이 어떻게 굴러갈지는 모른다고."

나무 한 그루에 기댄 노파는 몹시 즐겁게 물었다.

로드 밸류엘레타였다.

"범인을 알아봤자 뭐가 되지?"

다른 어둠의 한구석에서 그런 대답이 발생했다.

"나도 당신도 범인 추궁을 겨루는 게 아냐. 이 자리의 올바른 추리는 파벌 항쟁에서 쓸 수 있는 카드 한 장에 불과하잖아."

"카드에는, 카드 딴의 기분이 있을지도 모른다만."

'크크크.' 하고 노파는 웃음소리를 죽였다.

"그럼 그치를 부르겠나?"

"불러야지. 당신과의 협력도 얻어냈으니——."

그는 말을 이었다.

짧게 깎은 머리카락을 사르륵 쓰다듬고.

"——어쨌든 간에, 그치가 내 의뢰주라서 말이야."

빙긋이, 스파이를 자칭하던 마술사—— 믹 그라질리에는 웃은 것이었다.

4

그로부터 가히 몇 시간이 지났다.

해도 꽤 기울었고 해의 탑이 만든 그림자는 그만큼 빙그르르 호를 그리고 있다.

안타깝지만 바람직한 결과라고는 하기 어렵다. 왜냐하면 오라비는 수중에 노트를 둔 채로 몇 번씩 만년필로 추론과 가설을 휘갈겼다가 커다란 ×표로 삭제하고, 신음을 거듭하고 있었기 때문이었다.

"태양을 헬리오스로 간주하는 술식도 틀렸어. 반대로 달을 셀레네나 난나로 치환해서 성수(聖獸)의 속성을 부여한다고 해도 근간은 변하기 어렵고. 해의 탑과 달의 탑이 인자로서 너무 커서 잔재주가 전혀 의미가 없어."

"……스승님?"

"안 되겠군. 역시 태양과 달로는 마땅치 않아. ……정말로 그 비보는 관계없는 건가."

오라비는 솔직한 내심을 토로했다. 정말이지 청승맞은 얼굴이라, 이게 점심 전에 당당하게 난입해 삼대 귀족 중 한 축과 대치한 남자와 동일인물이냐고 의심하고 싶어진다.

"이봐, 이봐. 오라비. 아직도 거기 얽매여 있었나? 그래가지고 바이런 경이 걸어둔 시간제한에 맞출 수 있겠어?"

애초에 사건을 해명한다고 해도 그런 건 카드 한 장에 불과하다. 내게 쏠린 의심을 풀거나 구속된 트림마우를 해방하려면 더 강렬한 한 수가 필요하다. 그래서 바이런 경도 시간제한을 걸면서 이쪽 행동을 허용한 것이다.

이런 단계에서 발이 묶여서는 역전이고 뭐고 할 계제가 아니다.

"그래. 아니, 이건 기다리고 있는 것도 있어서……."

"기다리고 있다고?"

"그냥 좀……."

오라비가 말을 흐렸다. 축축한 땅바닥에 기는 목소리는 몹시 음울한 기색을 띠고 있었다. 오라비가 극히 사적인 부류의 말썽을 떠안았을 때의 목소리다.

그러나 그 시선이 땅바닥을 방황하던 순간, 눈썹이 희미하게 찌푸려졌다.

"아."

내 눈도 아릿하게 쓰렸다.

사실 그 정체는 금세 발각되었다.

조금 떨어진 곳에 있는 수목에서 그림자가 쭈욱 뻗고 있었다. 아무리 저녁놀이 다가왔다지만 해의 탑이 드리운 그림자와는 명백하게 다른 각도로, 부자연스러울 정도로 긴 그림자였다. 게다가 부스스스 흔들리는 수풀에도 드리워졌는데 그 그림자만이 미동도 하지 않았다.

"…………."

말없이 오라비는 입에 물고 있던 시가를 거두었다.

작게 주언을 속삭이자 시가 끝의 불이 화륵 부풀어 올랐다. 그 불이 부자연스럽기 짝이 없는 그림자와 수풀에 날아가고——.

"아뜨뜨뜨뜨?!"

그림자가 비명을 질렀다.

그대로 뛰어오른 것은 금발벽안의 소년이었다. 바지 꽁무니에 붙은 불을 필사적으로 털어내고 힉힉 죽는 소리를 지르고 나서 빙글 우리 쪽을 돌아보았다.

"와아, 들켰다!"

"……플랫, 뭐하러 왔지?"

"교수님 저 왔어요! 일본어로는 요로시쿠(夜露死苦)죠! 일본 인사는 부디즘 같은 느낌이라 심연하고 심원하네요!"

천진한 목소리로 금발 소년이 말을 퍼붓는다.

방금 그건 아마 환술일 것이다. 그림자를 이용한 은신은 독일 주변에서는 보편적인 마술이었을 터다. 어디서 배웠는지는 모르겠지만 다양한 마술을 눈치코치로 재현하는 면에서는 매우 요령이 좋은 소년이었다.

이어서.

"——플랫!"

비난하는 목소리가 가도 쪽에서 울려 퍼졌다.

방금 막 달려온 또 한 소년이 고운 눈초리를 치켜들며 플랫에게 항의 어린 소리를 외친 것이다.

"너, 내가 늦어지니까 먼저 가서 전해달라고 말했건만!"

"와, 르 시앙!"

"그러니까, 르 시앙(개)이라고 하지 마! 아, 선생님! 기다리셨죠!"

플랫과 같은 금발벽안이어도 남자답게 단정한 얼굴은 어떻게 보면 절묘한 대조였다. 사냥개라고 해도 좋다. 맑게 트인 눈에서는 치밀하게 제어된 야성이 엿보이고, 척하니 묵례하는 모습도 반듯했다.

스빈 글라슈에이트. 현대마술과에서 현역 최고참. 플랫 에스카르도스와 쌍벽을 이루는, 최우수 학생이었다.

……하지만 그것도 한순간에 녹아내린다.

"그레이땅!"

내 옆의 소녀를 발견한 순간, 스빈이 소리를 지른 것이다.

움찔! 하고 떤 그레이에게 그야말로 달려들 기세로 금발의 멍멍이계 미소년은 킁킁 코를 비벼대기 시작했다.

"아아 그레이땅 그레이땅 그레이땅! 평소의 달콤하고 회색에 사각 지고, 신체 내부를 할퀴는 것 같은 냄새!"

"……하, 하지 마세요!"

저항하는 그레이의 목소리도 들리지 않는지 스빈이 냄새를 만끽하려는 순간에, 목소리가 날아왔다.

"스빈."

"……네, 넷!"

오라비의 싸늘한 목소리에 직립부동으로 스빈이 경례했다.

"죄, 죄송합니다. 오랜만에 그레이땅의 반경 20미터 안에 들어간 바람에, 그만 이성이 증발해서."

"너희……."

오라비가 이번 사건 중에서 가장 깊은 한숨을 내쉬고 한 손으로 얼굴을 가렸다.

불현듯 나도 깨닫고 돌아보았다.

"그런데 당신, 학생은 부리지 않는다고 하지 않았던가."

"자주성에 맡긴 결과다. 시계탑의 내 방에서 준비하는 모습을 들켜서 말이야. ……하지만 두 사람 다 조사 결과만 메일로 보내고 현지에는 오지 말라고 했다만."

"그치만 교수님! 우리 라이네스가 큰일 났다면서요! 그렇게 재미있을 것 같은 일을 가만 놔둘 수 없잖아요!"

……방금, 요 녀석 재미있을 것 같다고 했겠다. 좋아, 죽인다. 돕게 한 다음 죽일 거야.

"플랫의 감시를 안 할 수는 없습니다."

반면에, 스빈의 대답은 참으로 우등생다웠다.

뭐, 방금 그레이에게 저지른 요모조모는 잊기로 하자. 그녀는 여전히 내 등에 매달려서 겁내고 있지만.

나 원, 긴장감은 한 톨도 없군.

그렇지만 반대로 말하자면 이게 바로 평소와 같은 시간이었다. 우호적이라고는 말하기 어려운 마술사의 땅에서 살인죄를 뒤집어썼지, 트림마우도 빼앗겼지, 결국에 시간제한까지 걸렸다. 그런데도 이상하게 평소 같은 호흡을 할 수 있었다.

왜냐는 생각은 안 한다.

아마 그것이 바로 오라비가 몇 년씩 들여 시계탑에서 길러온 『힘』일 테니까. 누구에게 배웠는지도 모르겠다만 이렇게나 마술사다운 오라비의—— 너무나도 마술사답지 않은 모습. 만약 그렇게 말한다면 오라비는 '마술사는 제자를 소중히 여기는 법이다.' 라고 변명할지도 모르겠지만.

한바탕 진정하고 나서 불현듯 오라비는 스빈에게 말을 돌렸다.

"부탁했던 조사는, 어땠지?"

"이쪽입니다."

아직도 그레이 쪽을 힐끔힐끔 바라보면서 스빈이 한 장의 종잇조각을 내밀었다.

"……그렇군."

오라비도 그 종잇조각을 확인하고 끄덕였다.

"왜 그러지? 역전의 비책이라도?"

"그래. 아직 이것저것 조각(piece)이 부족하다만. 부족해도 시작할 수밖에 없지."

관자놀이 주변을 두드리며 오라비는 천천히 일어났다.

칠흑의 코트가 흔들렸다.

그는 붉은 목도리를 나부끼며 제자들을 이끌고 당당하게 걷기 시작했다.

"자아. 우선은 출진 준비부터 해볼까."

5

——잠시, 무대는 이동한다.

쌍모탑에서 약간 떨어진, 윈더미어 역 근교의 어느 호텔의 스위트룸이었다.

화려한 방으로, 최신형 휴대단말기가 들려 있었다.

물론 손에 들고 있는 사람은 본인이 아니다. 여러 보석을 두르고 피부까지 드러낸 시녀더러 들게 시키고 주인인 청년이 느른하게 대화하고 있었다.

"그럼 문제없군요? 로드 밸류엘레타."

갈색 피부의 청년이었다.

금발을 가슴까지 길렀으며 목에는 아름다운 황금의 고리를 걸고 있었다.

"네, 그래요. ――이 개입에는, 당신은 일절 간섭하지 않는 거로 합시다."

대답 간격을 띄웠다가 갈색 피부의 청년은 시녀더러 전화를 끊으라고 촉구했다.

그리고.

"……좋아."

남몰래 주먹을 움켜쥐었다.

그에게 있어 유일하게 두려워할 만한 상대가 이 로드 밸류엘레타였다. 다른 어중이떠중이는 어떻게든 되지만, 역시 삼대 귀족의 한 축에게만은 양보하지 않을 수가 없다. 오래 묵은 것만이 장점인 퇴물일지라도 마술에서는 세월이 힘을 쓴다.

하지만 지금은 그 장애물도 철거되었다. 두려워할 만한 대상은 이미 그 쌍모탑에 남아있지 않다. 하잘것없는 살인 사건에 편승할 필요도 없다. 정면으로 유린하고 찬탈하면 그만이다.

"그럼 수확하러 가기로 할까. 어쨌든 이기기 위해서는 수단이 필요한 법이지. 이젤마가 교섭에 응하지 않은 것을 후회하게 해주겠어."

청년은 주위의 시녀들을 둘러보고 우아하게 웃었다.

특히 아리따운 여자가 귓가에 속삭였다.

"그럼, 도련님께서 몸소?"

"그래. 내가 하는 이상 철저하게 할 거고 준비도 필요하잖아? 놀이 삼아 참가한 로드 엘멜로이의 뒤를 따를 맘은 없어."

입술을 뒤틀며 청년은 자부심과 함께 선고했다.

"이, 아트람 갈리아스타는 말이지."

후기

산다 마코토

——그것은 절대적인 미.

아무에게도 침식되지 않으며, 아무에게도 위협받지 않는다.

인간이 미치지 못하는 높은 곳에 존재하나, 인간만이 상상할 수 있는 개념.

소설의 강점 중 하나는 '그림으로도 그릴 수 없는 아름다움'이라고 뻔뻔스럽게 써 내릴 수 있다는 점입니다. 문장이란 본래 현실에는 존재할 수 없는 정수만을 떡하니 제시할 수 있습니다. 그건 흡사 마술과도 같은 행위. 그렇기 때문에 『로드 엘멜로이 2세의 사건부』에 어울린다고 생각한 소재입니다. 두 얼굴을 가진 아가씨의 마술추리극, 아무쪼록 하권도 따라와 주십시오.

자, 그럼 제1권의 후기에서 '현재 구상으로는 1년에 한 권' 이라고 적은 말을 대뜸 앞당겨서 어기고 말았습니다. 이것도 새해가 되자마자 진행한 2권의 협의 때문입니다만, 그 때의 대화를 재현해보기로 하지요.

"그런데 산다 씨, 다음 사건부 여름에 낼 수 없겠어?"

"아니 나스 씨? 1년에 한 권이라고 썼잖아요."

"마코토를 믿을게."

"나, 나스 씨? 난 여름에 『케이오스 드래곤』의 애니가 있는데."

"마코토를 믿을게."

"……다음은…… 1권보다 두꺼워질 것 같으니…… 상하권 중 상권이라면……."

이런 식으로 다소 일찍 선보이게 되었습니다만, 새로 등장한 캐릭터에 놀라신 분도 계시지 않을까요.

그들과 시계탑의 은밀한 곳에 관해 글을 지을 때마다 항상 애먼 긴장을 느끼면서 펜을 놀리고 있습니다. 로드 엘멜로이 2세와 함께 TYPE-MOON이 만들어온 풍성한 세계를 매력적으로 그리고 있으면 좋겠습니다만.

마무리가 됩니다만, 지극히 터무니없는 소재 및 앞당긴 난장판에도 따라와 주신 사카모토 미네지 씨, 늘 그렇지만 어려운 마술 고증을 받아들여 주신 미와 키요무네 씨, 플랫 등의 대사에 협력해주신 나리타 료고 씨, 그리고 나스 키노코 씨를 비롯한 TYPE-MOON의 여러분께 감사를 바칩니다.

하권은 겨울에 선보여드릴 예정입니다.

2016년 7월

키쿠치 히데유키의 『쌍모귀』를 읽으면서

역자 후기

『로드 엘멜로이 2세의 사건부』 한국어판 제2권을 구매해 주셔서 감사합니다. 불초 역자입니다.

1권에 이어서 이번에도 본문 중에 주석으로 달지 못한 이야기를 해볼까 합니다. 상하권 구성이니만큼, 전 권보다는 두께가 얇아서 후기에서 풀어낼 잡설도 적군요.

당연하지만 본편의 내용 누설이 포함되어있으니, 본편을 다 읽기 전에는 피하시는 편이 좋습니다.

§ 푸사르크 (fu h ark)

푸사르크 또는 푸타르크는 판타지 작품에서 마법문자로 자주 인용하는, 북유럽의 선각문자인 룬 문자의 통칭입니다. 룬 문자의 처음 여섯 글자(로마자의 ABCD 같은)를 따서 지은 명칭습니다. 사실 푸사르크라고 불리는 룬 문자도 지역과 시대에 따라서 여럿 존재합니다.

§ 고자질하는 심장 (Tell Tale Heart)

『고자질하는 심장(The Tell-Tale Heart)』는 미국의 소설가 에드가 앨런 포가 지은 단편소설입니다. 살인자와 심장박동에 관한 이야기지요. 포는 추리소설가로 인구에 회자되지만, 이 작품은 추리소설(또는 탐정소설)이 아니라 스릴러나 호러에 가깝습니다.

§ 더럽게도 높이 쌓은 똥자루군! (I didn't know they stacked shit that high!)

영화 『풀 메탈 재킷』에 나오는 훈련교관 하트먼 중사의 대사 중 하나입니다. 『풀 메탈 재킷』에서 선보인 하트먼 중사의 욕설은 인정사정없으면서도 실로 기발해서, 하트먼 중사의 강렬한 캐릭터와 대사는 다양한 곳에서 인용되고 있습니다. 물론 픽션이 아닌 실제 상황에서 인용하는 것은 권장하지 않습니다.

§ 옴 (ओम)

믹 그라질리에의 주문은 데바나가리 문자로 표기되어서 알아보기 힘듭니다만, 인도에서 발상한 종교에서 사용되는 진언인 옴(唵)입니다. 오컬트계에서는 기독교의 아멘과 같은 맥락에 닿아있는 문구라는 주장도 곧잘 나옵니다.

§ 레이엔 여학교에 두고 온 영사기

아오자키 토코가 골동품 영사기를 보며 하는 대사는, 애니메이션『극장판「공의 경계」미래복음』의 극장방문객 특전 소설인『종말녹음/the Garden of oblivion』에서 확인할 수 있습니다.

§ 요로시쿠 (夜露死苦)

잘 부탁한다는 의미의 일본어 인사지만, 한자 표기가 다릅니다. 이렇게 멀쩡한 말에다가 이상한 취음자(取音字)를 붙이는 행위는 한자 문화권에서는 흔한 사례입니다. 단지 요로시쿠에 좋지 못한 뜻의 한자를 취음자로 다는 것은, 일본 폭주족의 한 가지 상징이기도 합니다. 여담이지만 모바일 게임『Fate/Grand Order』에 나오는 라이더 클래스의 사카타 킨토키가 사용하는 보구, 골든 드라이브 굿 나이트의 이름도 같은 맥락으로 지어진 것입니다.

이상입니다.

본편에 더해서, 1권보다 더 적으나마 독자 여러분께 잔재미를 드릴 수 있으면 좋겠습니다.

로드 엘멜로이 2세의 사건부 2
「case.쌍모탑 이젤마(상)」

2017년 07월 18일 제1판 인쇄
2019년 06월 20일 3쇄 발행

지음 산다 마코토 | **일러스트** 사카모토 미네지 | **옮김** 정홍식

펴낸이 임광순 | **제작 디자인팀장** 오태철

편집부 황건수 · 정해권 · 김동규 · 신채윤 · 이병건 · 이경근 · 이홍재
디자인팀 박진아 · 정연지 · 박창조
국제팀 노석진 · 엄태진

펴낸곳 영상출판미디어(주)
등록번호 제 2002-000003호
주소 21311 인천광역시 부평구 평천로 132 (청천동)
전화 032-505-2973(代) | **FAX** 032-505-2982

ISBN 979-11-319-6109-4
ISBN 979-11-319-3897-3 (세트)

영상출판미디어(주)

단행본 출간작 리스트
(주요 해외 라이선스 작품)

(오버로드) 1~11
· 마루야마 쿠가네 지음 · so-bin 일러스트

(이 세계가 게임이란 사실은 나만이 알고 있다) 1~7
· 우스바 지음 · 이치젠 일러스트

(방패 용사 성공담) 1~15
· 아네코 유사기 지음 · 미나미 세이라 일러스트

(유녀전기) 1~7
· 카를로 젠 지음 · 시노츠키 시노부 일러스트

(이세계는 스마트폰과 함께.) 1~7
· 후유하라 파토라 지음 · 우사츠카 에이지 일러스트

(백마의 주인) 1~4
· 아오이 야마토 지음 · 마로 일러스트

(내가 마족군에서 출세하여 마왕의 딸의 마음을 사로잡는 이야기) 1~4
· 토오노 소라 지음 · 카미죠 에리 일러스트

(약속의 나라) 1~3
· 카를로 젠 지음 · 이와모토 에이리 일러스트

(동화 나라의 달빛공주) 1~4
· 아오노 우미도리 지음 · miyo.N 일러스트

(해골기사님은 지금 이세계 모험 중) 1~4
· 하카리 엔키 지음 · KeG 일러스트

(용사상호조합 교류형게시판) 1~3
· 오케무라 지음 · KANSEN 일러스트

(흑의 성권사~세계 최강 마법사의 제자~) 1~2
· 히다리 류 지음 · 에이히 일러스트

일본에서 2600만 조회수 돌파!
대인기 해골기사님의 모험기가 등장!

해골기사님은 지금 이세계 모험 중 1~4

MMORPG 플레이 도중 깜박 잠들었다 눈을 떠보니 게임 캐릭터의 모습으로
낯선 이세계에 떨어진 「아크」. 그런데 겉은 갑옷, 속은 전신골격인 해골기사라고!?
——정체를 들키면 몬스터로 오해를 받아 토벌대상이 될지도 모른다!
아크는 눈에 띄지 않게 용병으로 지낼 것을 결심하지만,
눈앞에서 벌어지는 악행을 내버려둘 수 없었다.
온갖 사건 사고도 게임에서 단련한 스킬로 쾌도난마의 대활약!
최강의 해골기사에 의한 무자각 "사회혁명" 이세계 판타지가 여기에 등장!!

하카리 엔키 지음 / KeG 일러스트 / 이상호 옮김

영상출판
미디어(주)